樂 府

·

心里滿了，就从口中溢出

云

くも
やまむらぼちょう

〔日〕山村暮鸟—著　小满—绘　美空—译

自序

我已然过了人生的一个大坎,并将另一个自己抛在了身后。所谓十年如隔世。如此我降生此世,已是久远久远又久远的往昔之事了。虽然一切尽如昨日与今日般浮现,它们真的已于不知觉间悄然逝去了吗?一生即是如此短暂吗?如此即是好的吗?可是正因如此,生命才愈珍贵吧。
贪恋永久,不免孤寂虚空。

回头看,自己也写了很多的诗。如此一路坚持写着。
而那些诗又是什么?忆起这用全心维系的写作生涯,真的,真的,那些文字绝非玩弄戏笔。

自往昔玩弄文字的人之多,是因了耽于花而错过实;喜好果实,不觉忘风雅[1]。这虽是松尾芭蕉[2]的感想之一,却真正所言不虚。
还是要说——花要爱,果愈应食。
是怎样孩童般的贪婪哪,不过,还有比这更深切实在的自然之声吗?

---

[1] 风雅,一种日本文艺理念,指优美纤细、文明脱俗、洗练卓越的美的意识和行为。——译者注,后同
[2] 松尾芭蕉(1644—1694),日本江户时代著名俳句作家,其代表作有《俳谐七部集》《奥州小路》等。

自己也是直到如今的光景，才不由自主渐渐陷入对此的深切联想，许是因了年岁吧。

不能忍受无艺术的生活，也无法忍受无生活的艺术。艺术？生活？必定要选择其一，于我却是两者皆不可弃。
对原来的自己，这曾是个大烦恼。
若被问到："而今的你呢？"该如何回答？恰如那道元[1]僧人的溪流山色，不尽幽远。
欲食果的当儿所看到的自己，亦不过是对着地面滚落的马铃薯只知合掌礼拜的自己。

愈不能诗，诗人才成为诗人。

渐感对诗无从下手而感到无比喜悦。

"与其作诗，不如做田。"多么好的箴言，只是如此。

好诗人不粉饰诗。
真农夫不耽于田。

---

[1] 道元（1200—1253），号希玄，日本镰仓时代僧人、日本曹洞宗创始人。

要说的并非田与诗，亦非诗与田，非田的诗，亦非诗的田。诗非田，田非诗，非田非诗，非诗非田。

这么说吧，事实上田是田，诗是诗。

所谓艺术是表现的艺术，没错，但是真正的艺术远不限于此。要说的是，在被表现的之外还必须要有点儿"什么"，这一点至关重要。它是什么呢？说到底，是宗教中与爱、与真如行为紧密联系的信念。可那又是什么？如同信念之本质无法言说，非要解释为某种目的、某种寓意都是徒然。唯此才是做艺术并成就真艺术的要诀。艺术天赋的有无全在于此。一件作品的某些叙述和表现是不是到位，彻头彻尾都由这个"什么"决定。

不要让那妖精逃掉。

没有在绵长的艺术道路上的体验，似乎亦无法捕捉啊。

比什么都重要的是好的生活。寂寞也好，苦恼也罢，为了好的生活，且彼此努力，精进再精进。

山村暮鸟

于茨城县矶浜

目录

002　春之河
004　又
006　又
008　蝴蝶
010　又
012　乡间小路
014　又
016　又
018　又
020　云
022　又
024　一天
026　孩子
028　又
030　又
032　又
034　又
036　又

038	又		074	又
040	又		076	又
042	又		078	又
044	又		080	又
046	又		082	月
048	马		084	又
050	又		086	又
052	又		088	又
054	黄昏		090	又
056	牵牛花		092	又
058	又		094	又
060	又		096	又
062	骤雨		098	又
064	又		100	又
066	病榻上的诗		102	西瓜的诗
068	又		104	又
070	又		106	又
072	又		108	又

110	又	146	一天
112	又	148	一天
114	卖糖翁	150	樱花
116	又	152	又
118	又	154	老爷子
120	又	156	一天
122	再于病榻	158	一天
124	又	160	一天
126	又	162	一天
128	米楮叶	164	早晨
130	一天	166	紫藤花
132	细细的	168	一天
134	即使变成这样的老树	170	一天
136	梅	172	一天
138	又	174	野粪先生
140	又	176	手
142	山径上	178	嚯嚯鸟
144	一天	182	松塔

184	读经	220	又
186	蚊柱	222	又
188	一天	224	又
190	一天	226	又
192	一天	228	又
194	一天	230	又
196	一天	232	又
198	一天	234	又
200	一天	236	又
202	一天	238	又
204	一天	240	又
206	一天	242	又
208	故乡	244	店门前
210	不知何时	246	又
212	一天	248	又
214	苹果		
216	红苹果	251	译后记
218	又		

春之河

漫溢的
春之河
流着
抑或不流
因草屑浮动
可知

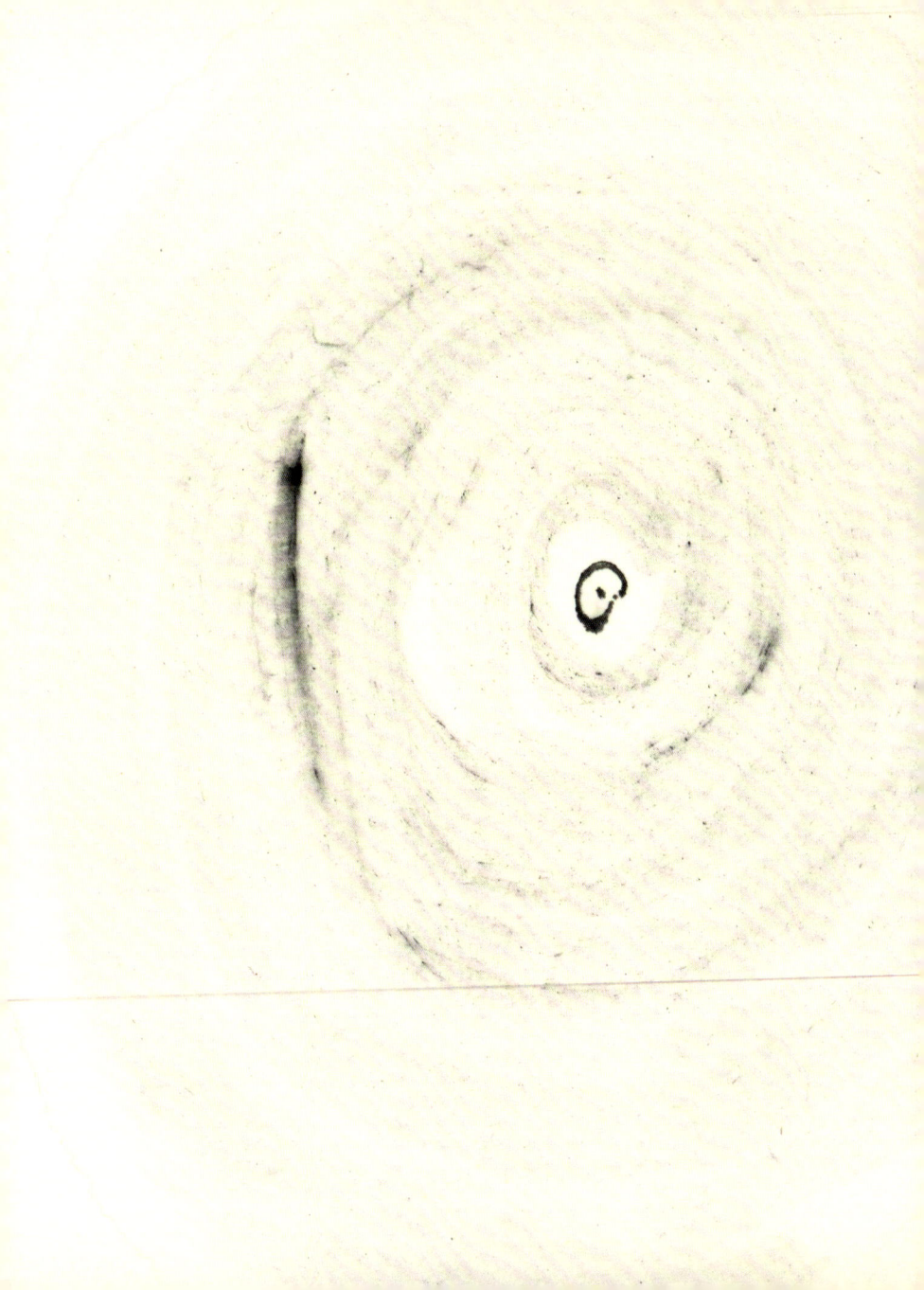

又

春日的　乡下的大河
眺望之喜悦
让那欢喜
舒缓的云一般
明朗地
不倦地流去
又还欢喜地看

又

满满的
春啊
就连小小的河川
也溢出来
溢出来

蝴蝶

深深
深深的
无语
此处何处
啊　蝴蝶

又

蓝天高高

多么高

无论去哪里　去了哪里

高飞的蝴蝶

那两只蝴蝶

是否再也

不回来

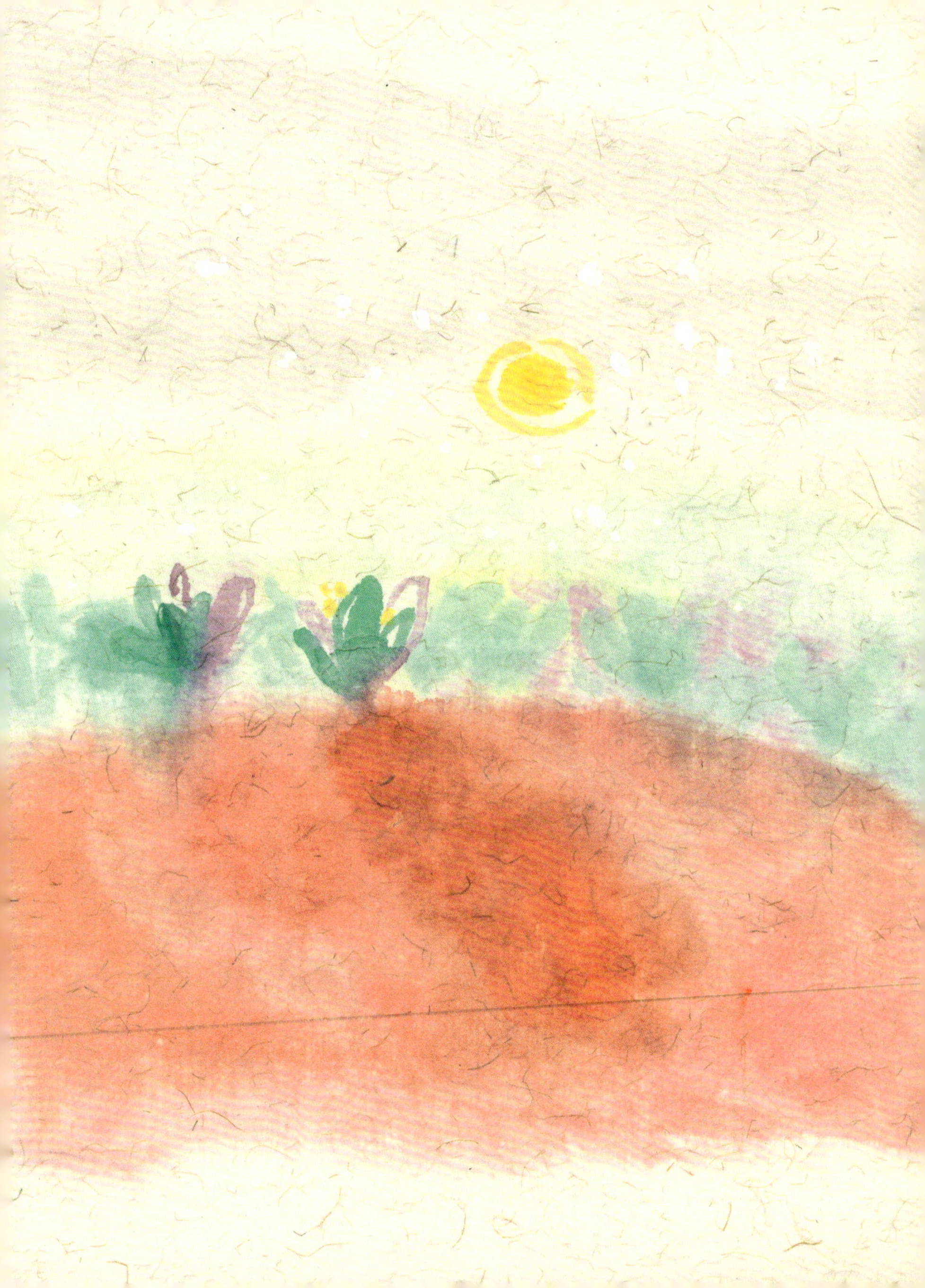

乡间小路

朝这边来
姑娘们
乡间小路多么好
花簪子也多么好
麦穗秀齐了
猛然
一回头呀
亮得晃眼吧
顶着大大的款冬叶
无以言说啊　多么好

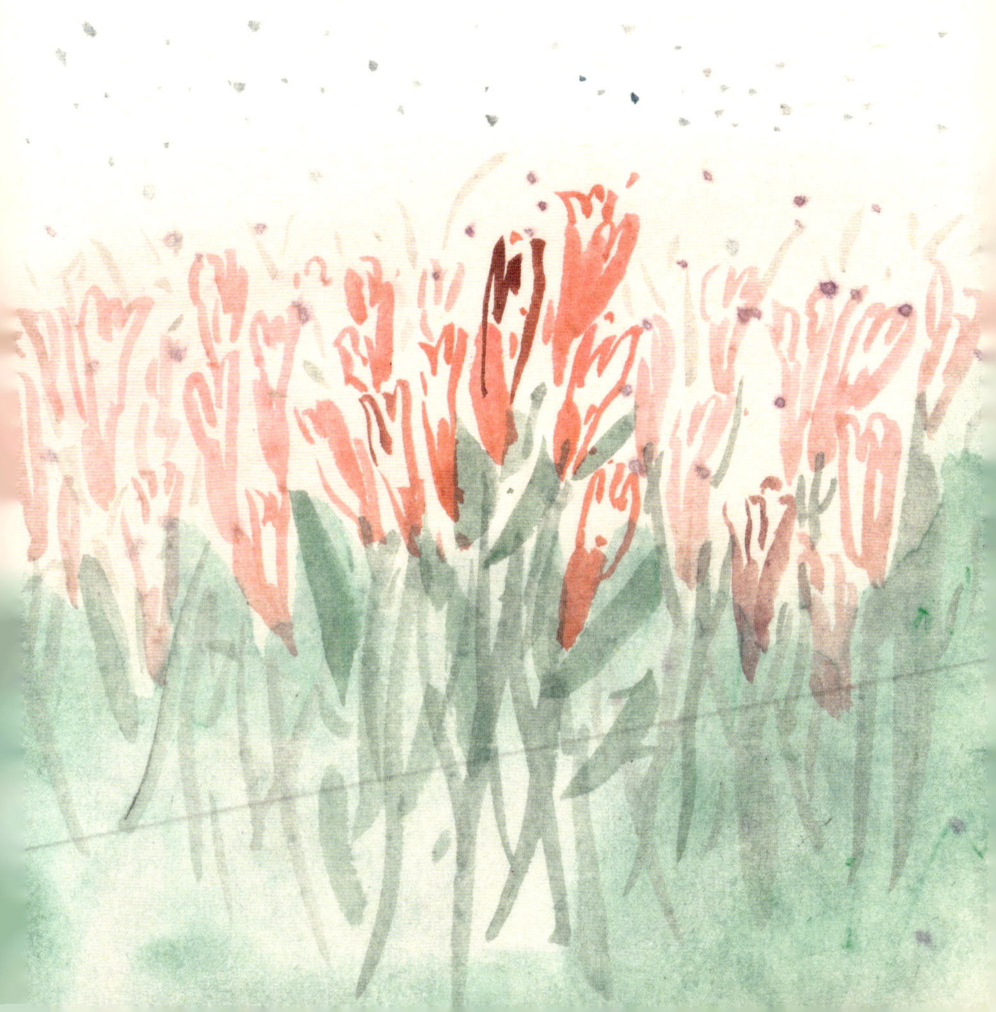

又

乡间小道
农妇和农妇路遇
站着说话
两张不相上下的坑洼的脸
都是大行囊
一个是麻布袋
一个是娃
然后天气
多么好
两人都无比幸福似的
嘎嘎笑

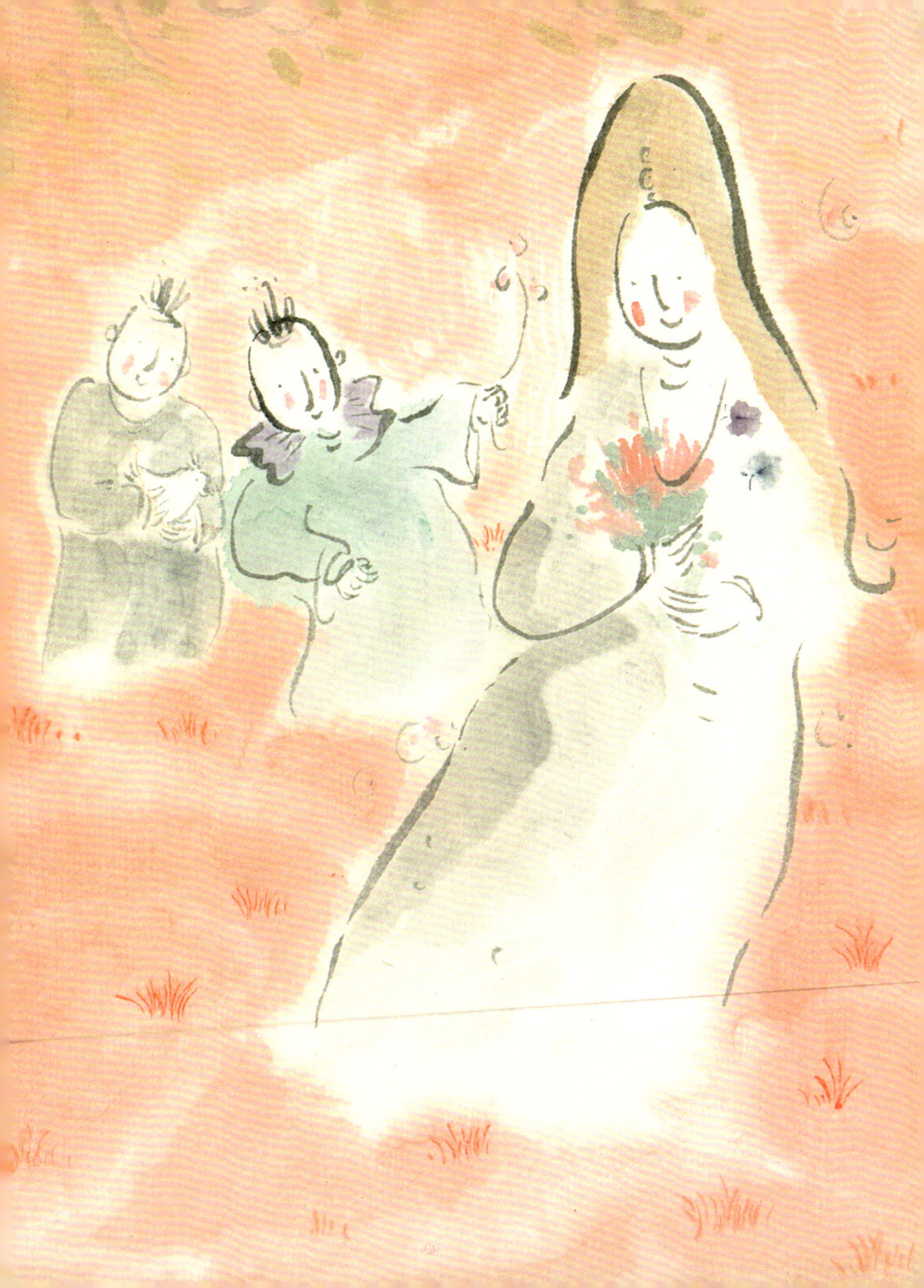

又

在那边

鹪鹩般

吹口哨的家伙

不见了哟

为何

在那么远的桑田

为何一闪

一会儿见　一会儿就不见了呢

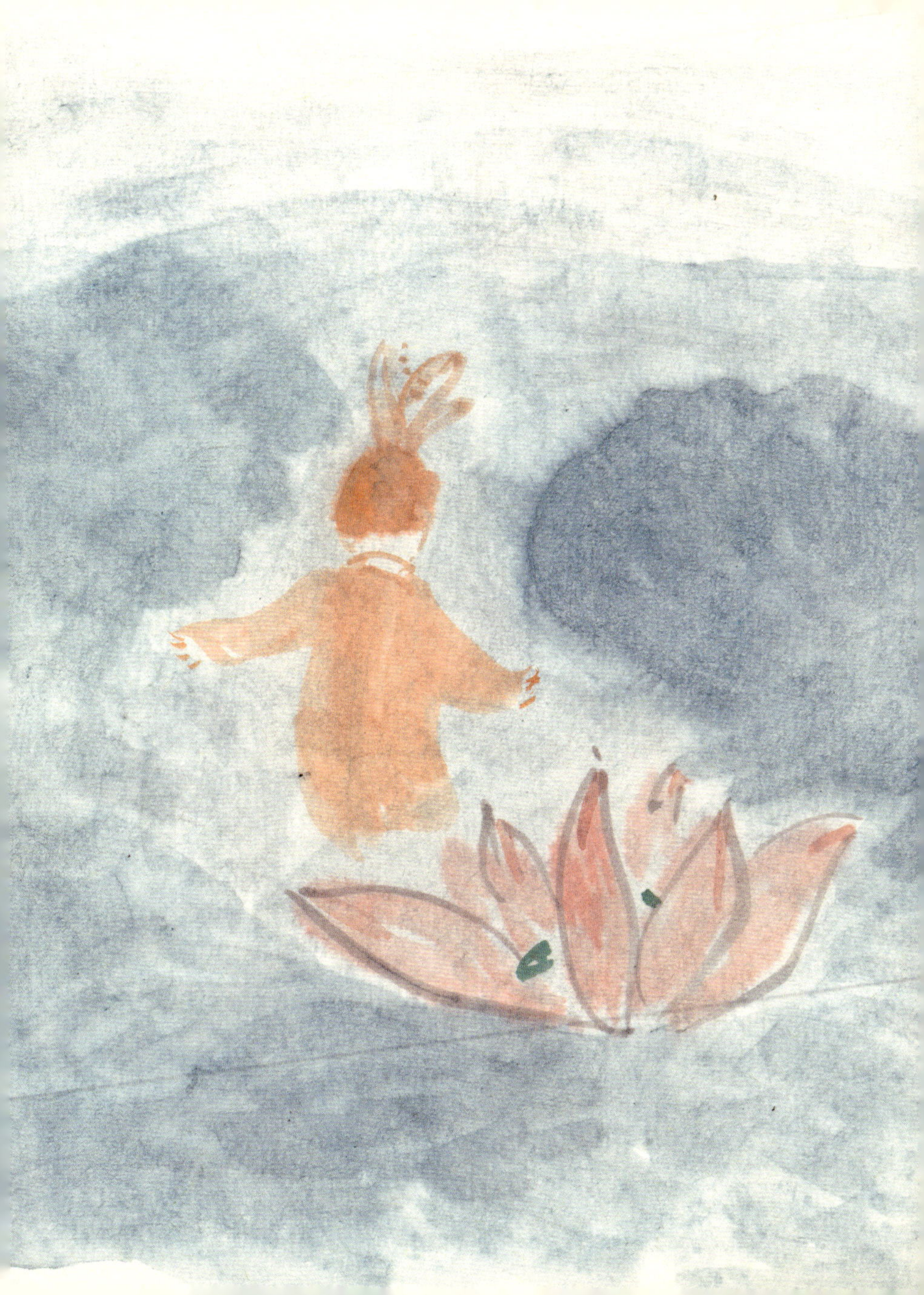

又

忽地咧开嘴

孩子

真是花开一样

睡着了的脸

云雀在四面八方

十六十七[1]

十六十七地

吵闹不休

是乡间小路

都说着些什么呢

老人也微微笑着

对着蒲公英

悄悄看

---

1 十六十七,这两个词在日语中的发音类似鸟鸣,作者借其来描摹云雀叫声。

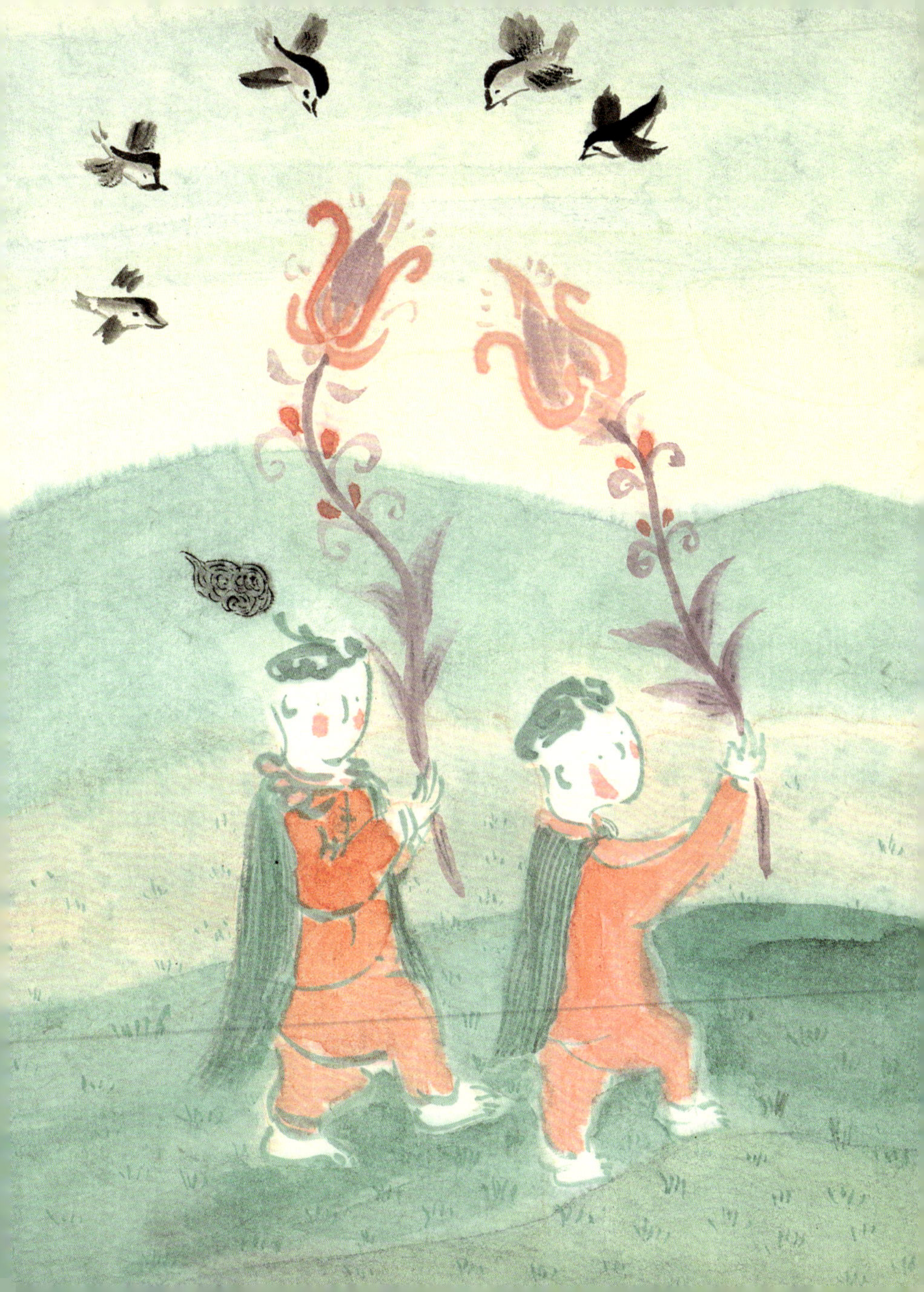

云

小丘上
老人
和孩子
呆呆
看着云

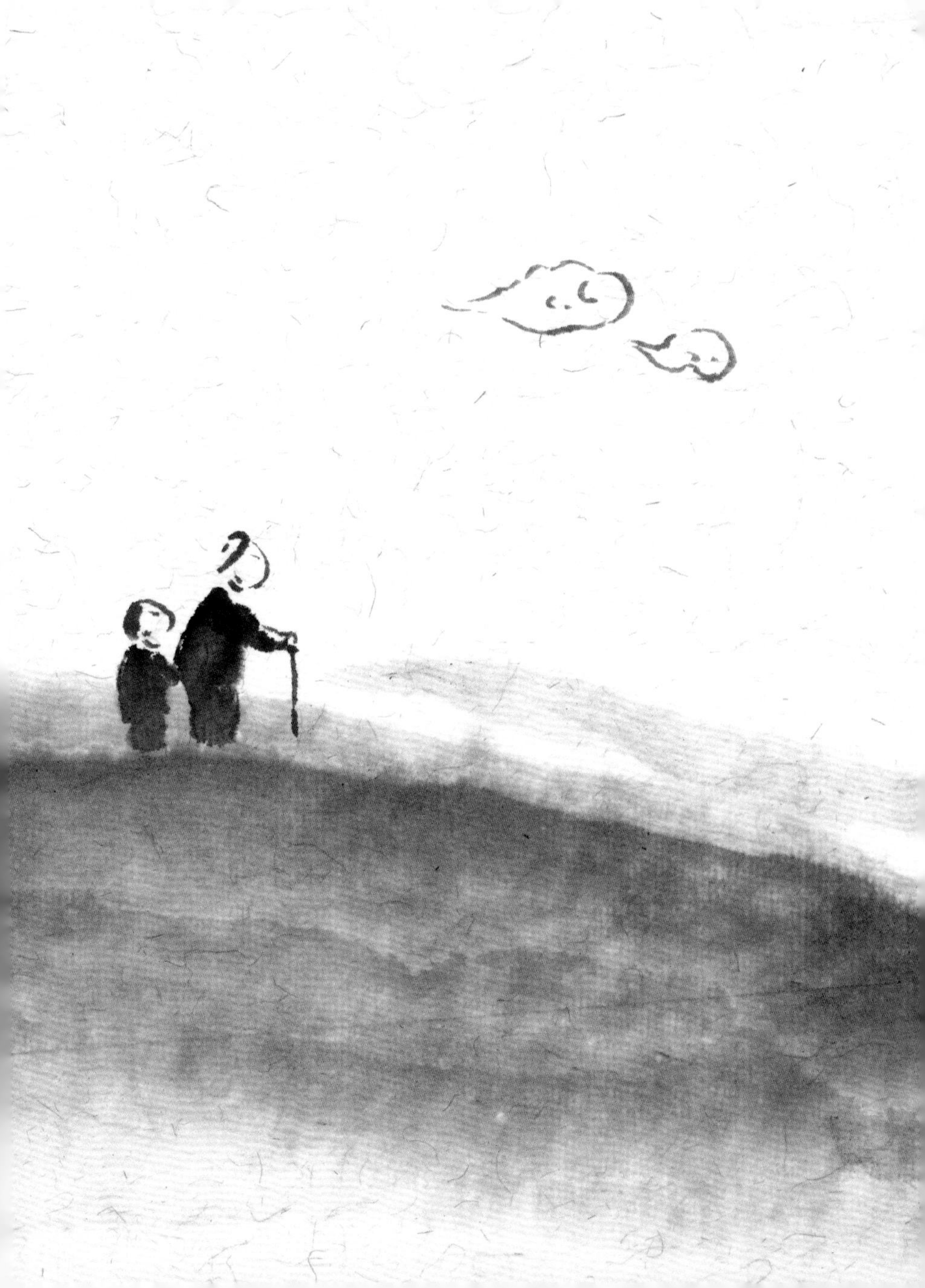

又

喂　云哟

话说

你也太满不在乎了不是

要去哪里呢

一直一直　到磐城平吗

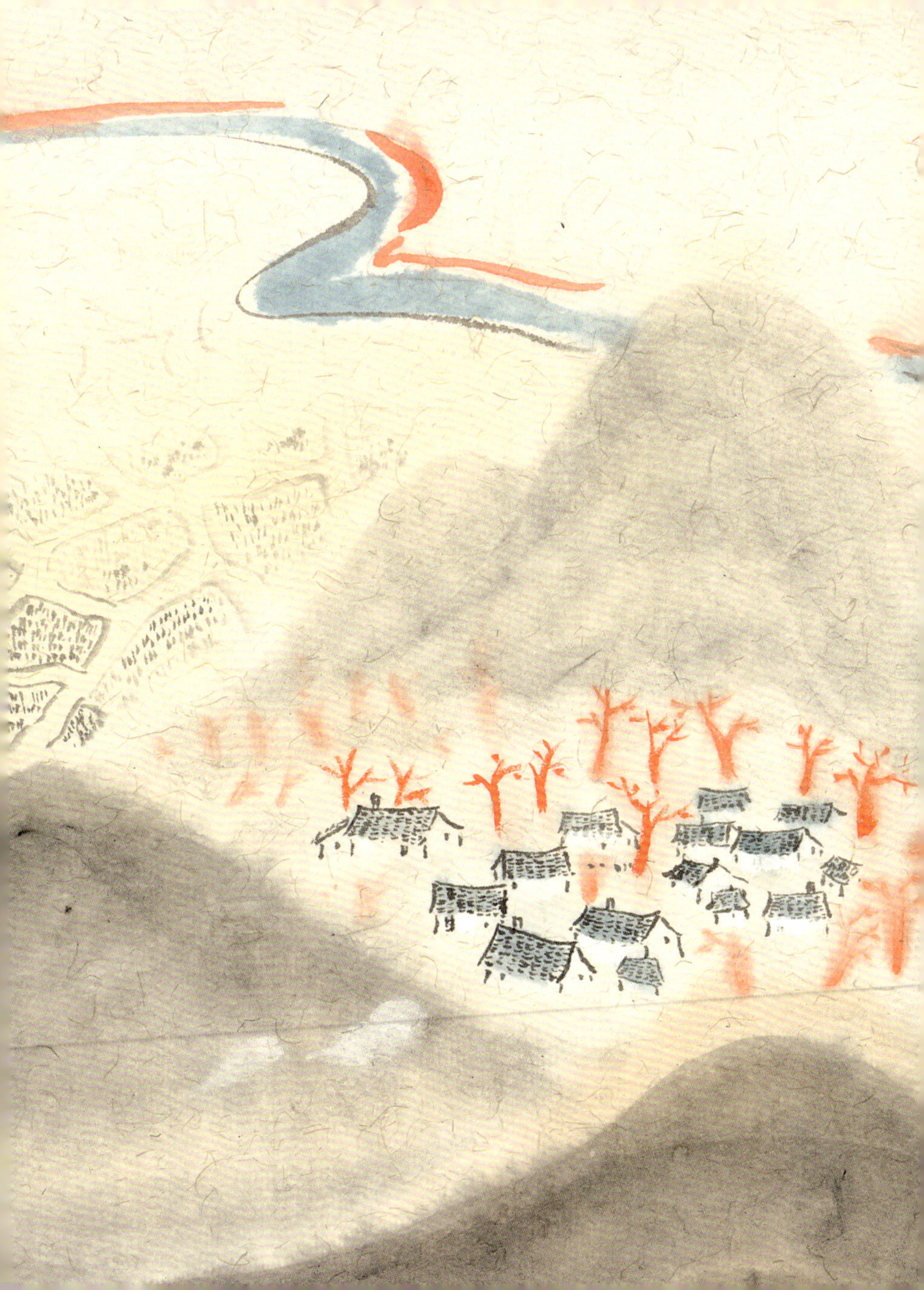

一天

云也又如我

如我一样

全然无措

因为这太宽太宽的

没有涯际的天

啊老子[1]

在这样的时候

会笑眯眯地

突然出现吗

---

1 老子,中国古代思想家、道家学派创始人。

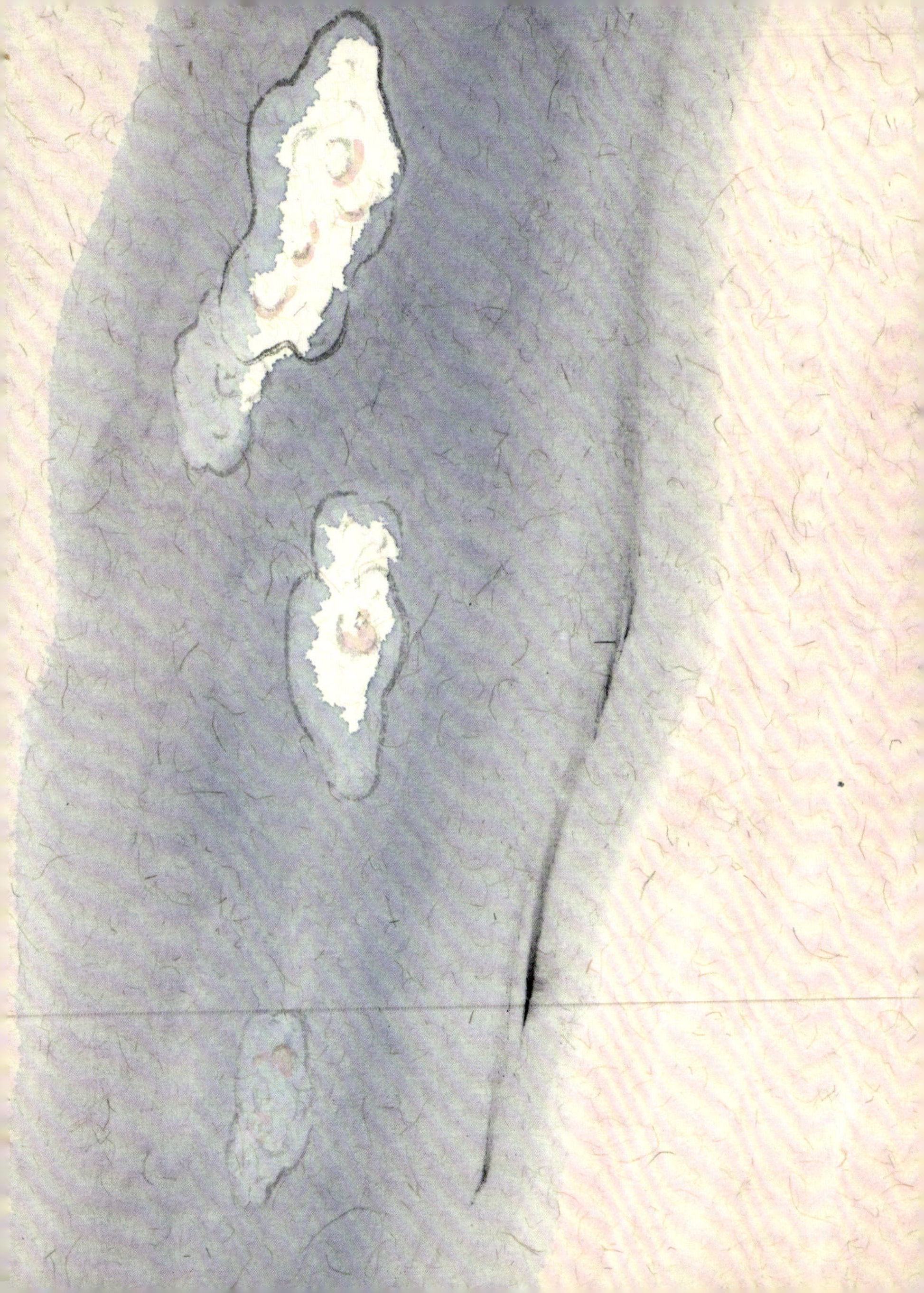

孩子

山上映山红
正在开
所以落雷
你就落去那儿吧
孩子说
雷公[1]
雷公
映山红不是很好吗

---

[1] 雷公,日本传说中扎虎皮兜裆布、在云上敲鼓,且会攫取人肚脐的神。

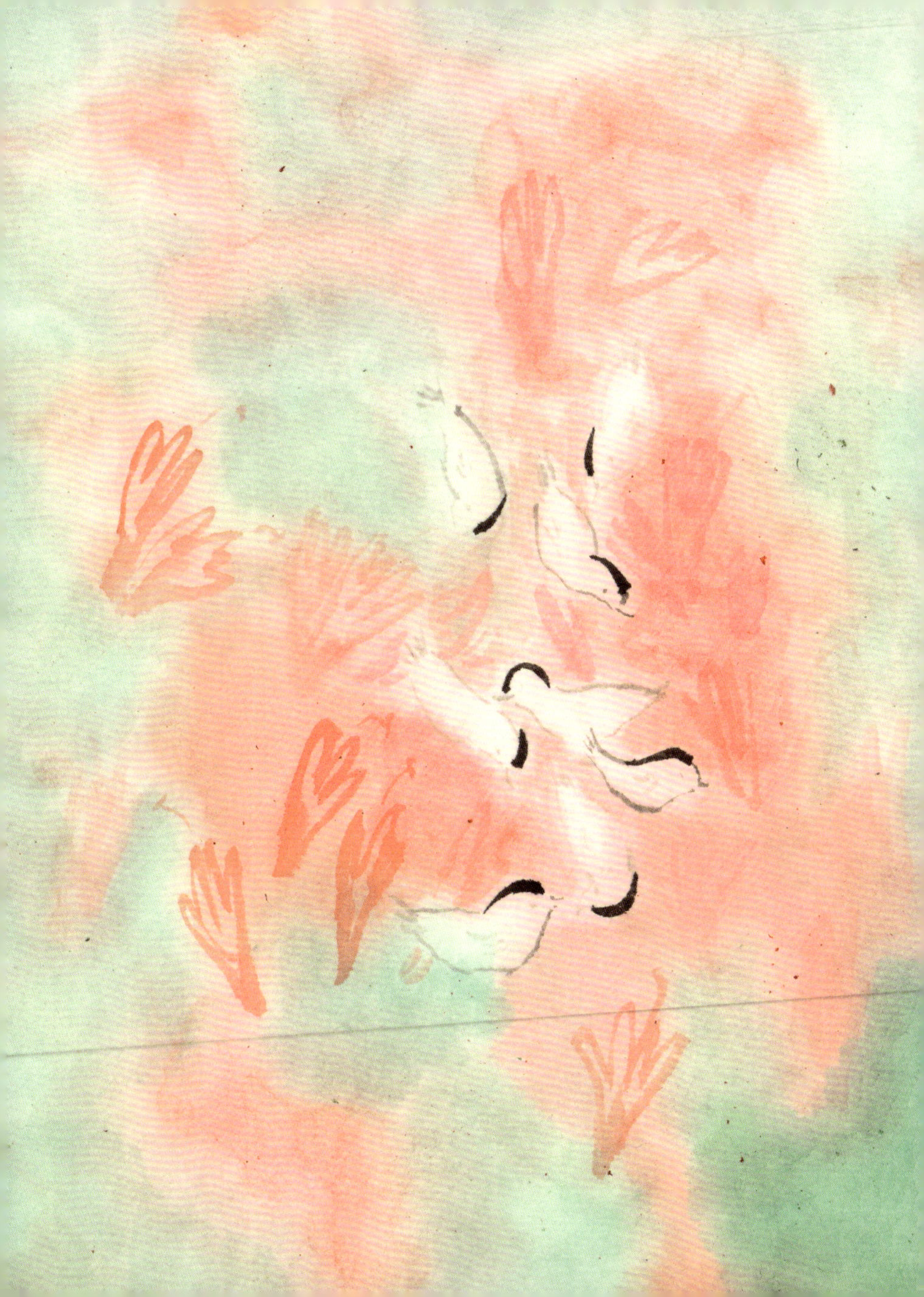

又

咦　孩子的声音
是我家孩子的哭声
真的
因为太静
像从远远的哪里的
神话国传来的
好声音一样
真的

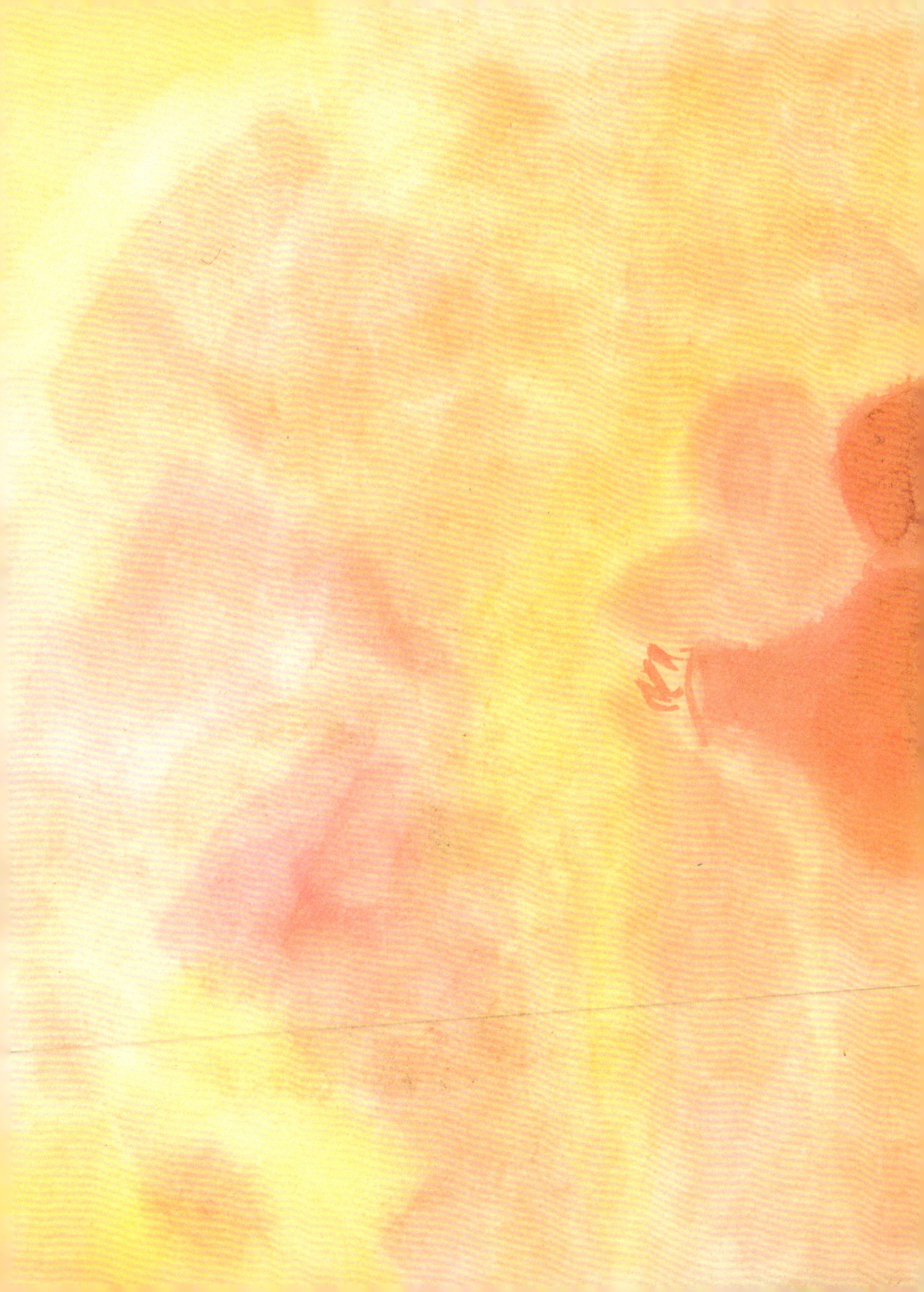

又

乱蓬蓬的
篱笆上面
牡丹开了吗
这样一想
啊　孩子像是
在笑呢

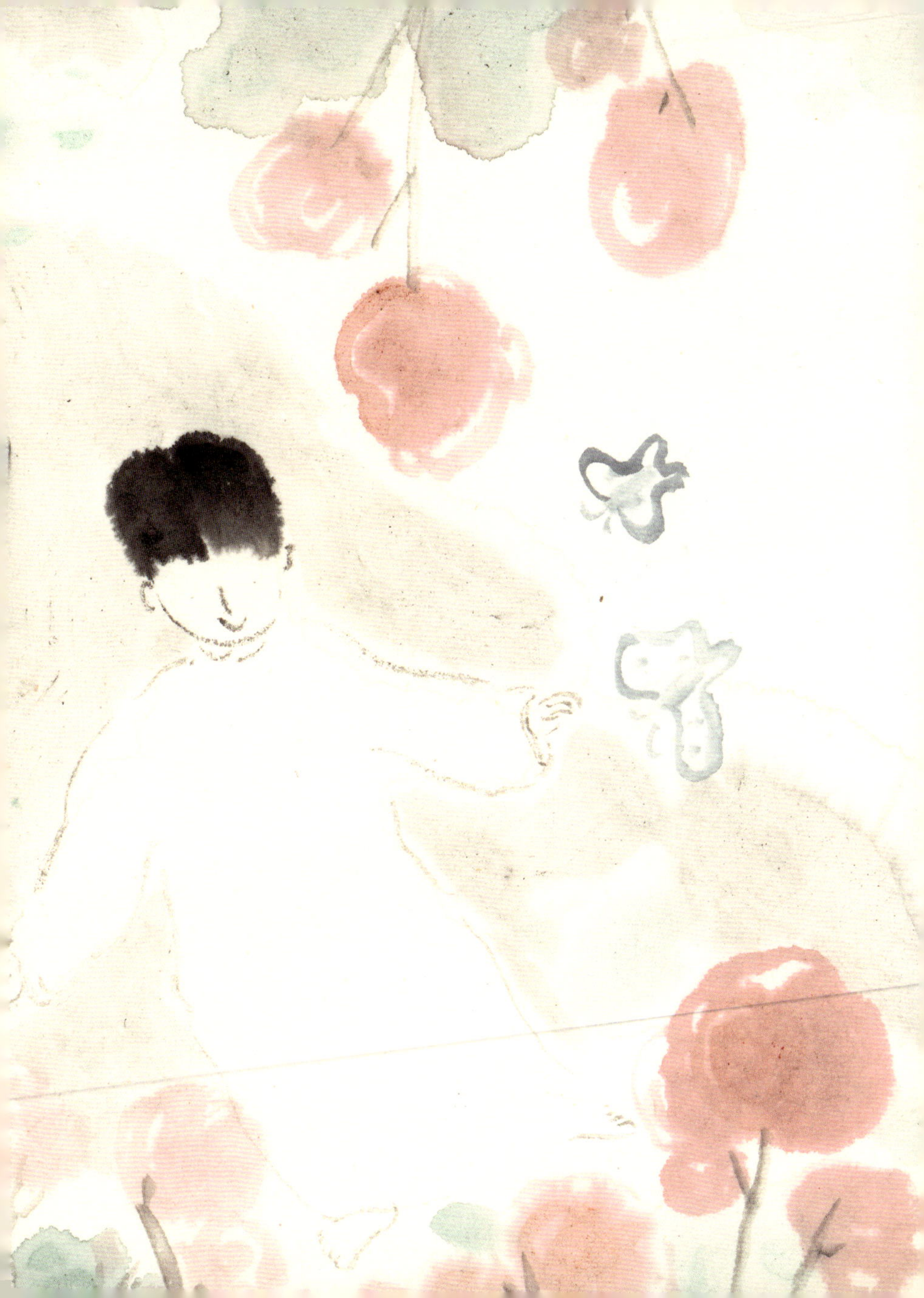

又

千草你这个牛皮佬
说从阿爸的
嘴里
蝴蝶飞出来
是为哪般

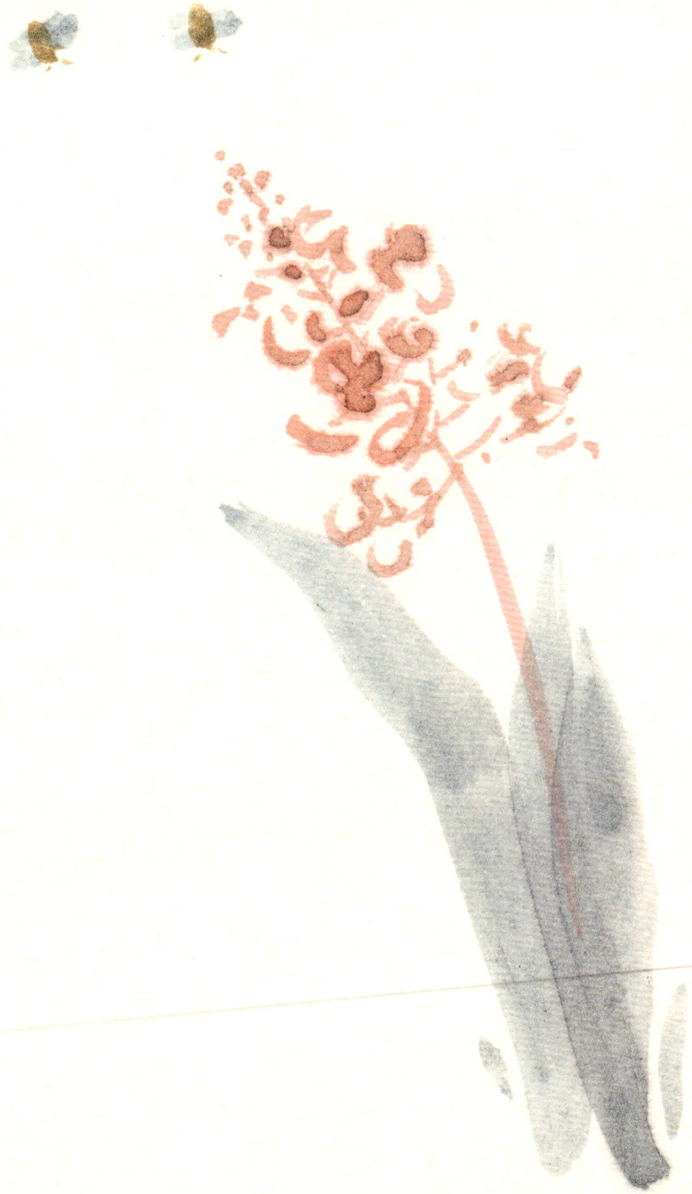

又

迷糊糊的眼睛
那醉了的眼睛
是困了吧
孩子
嘿苹果　是苹果
通红的

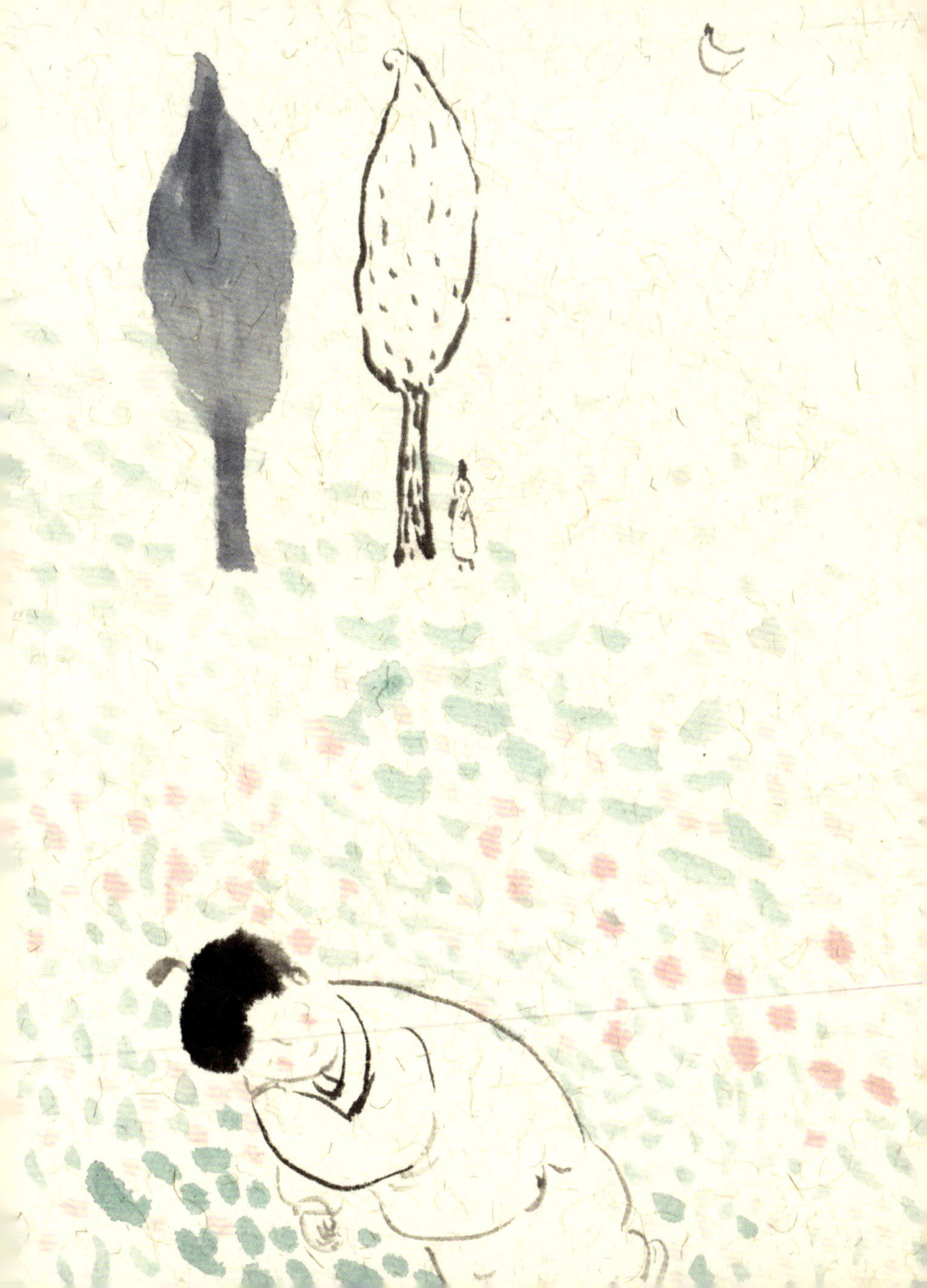

又

尽是在穷苦里
活命长大的
噌噌
真是如笋一样的
孩子们

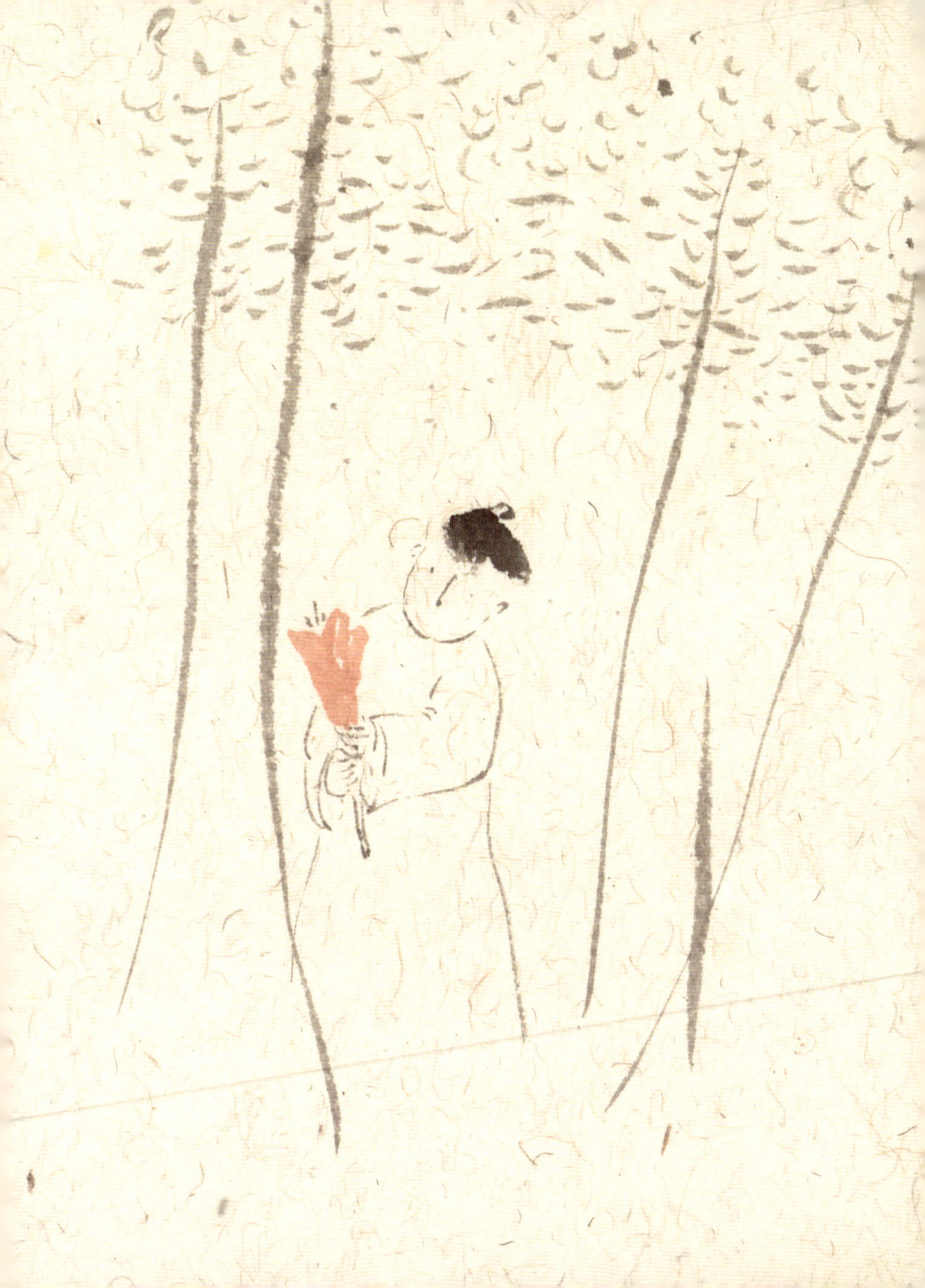

又

孩子　孩子啊
烧好就往天上抛去吧
玉米
因为风吹味才浓
用风调了味
细细地嚼　慢慢吃

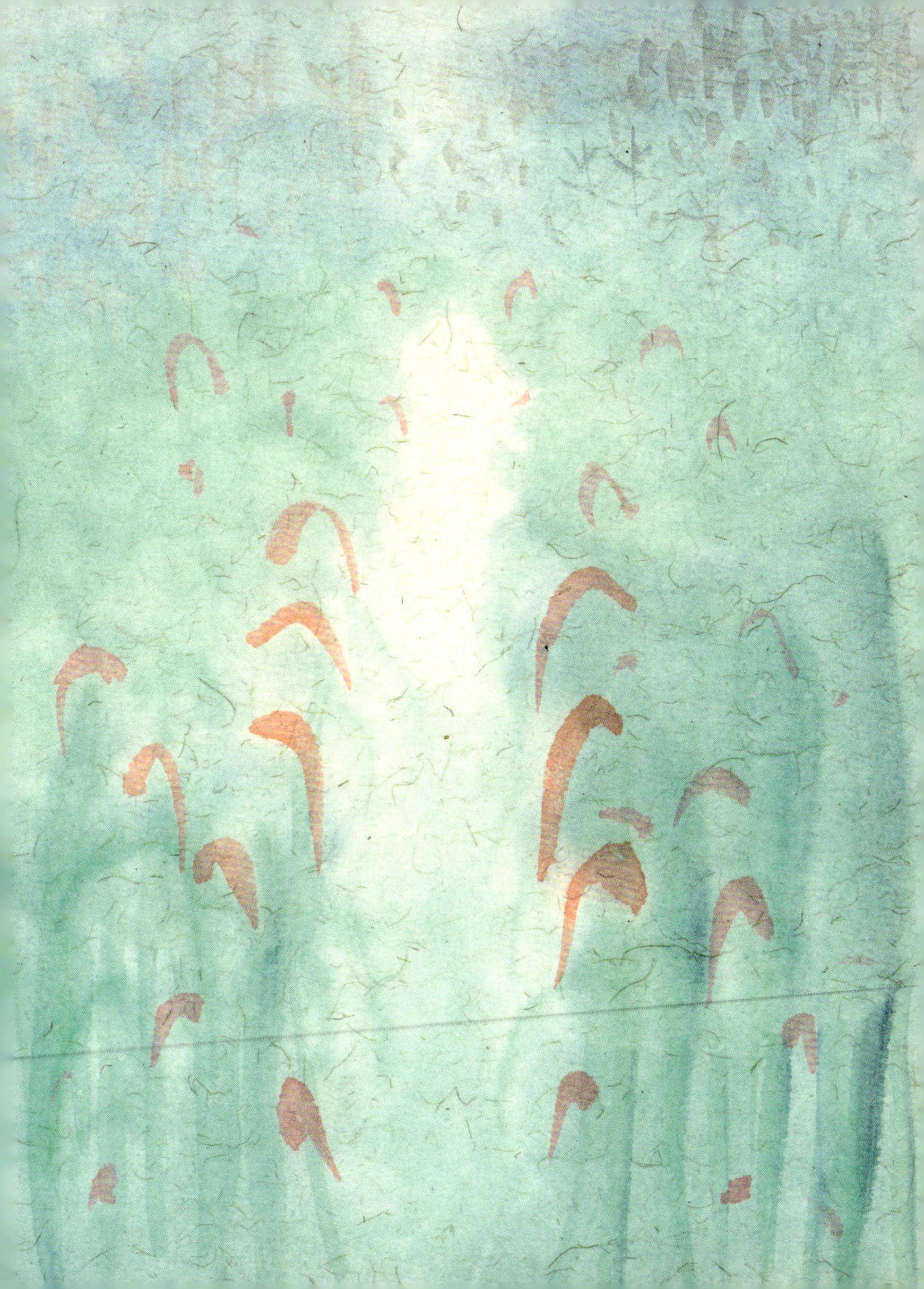

又

圆滚滚
圆滚滚
总算长得西瓜那么大
可是孩子说
月亮
看上去并不好吃呀

又

孩子说
脑袋
因为老被敲老被敲
然后大人
才变聪明的吧

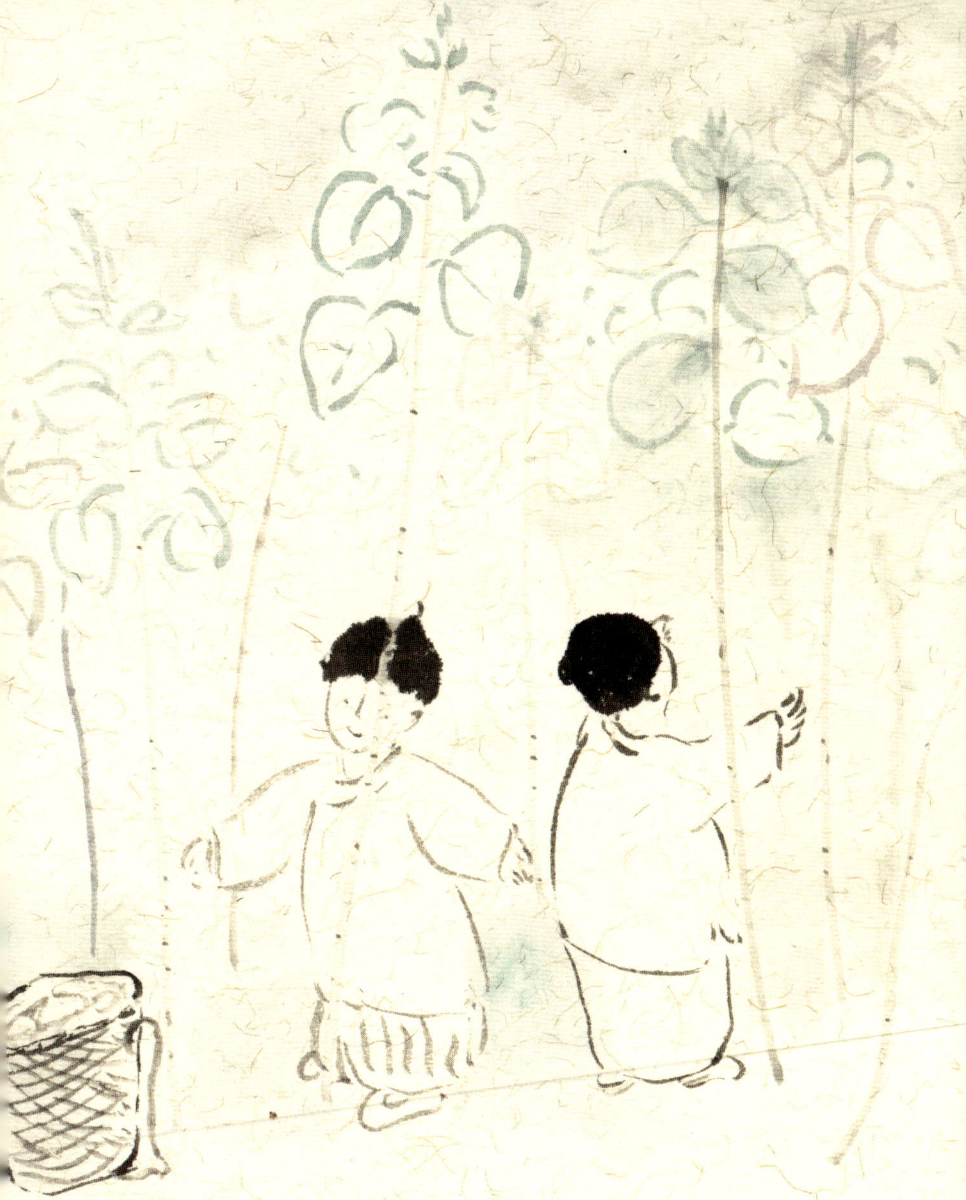

又

细竹子一竿一竿站着
孩子
绕着家
疯跑
晚霞啊
晚霞啊

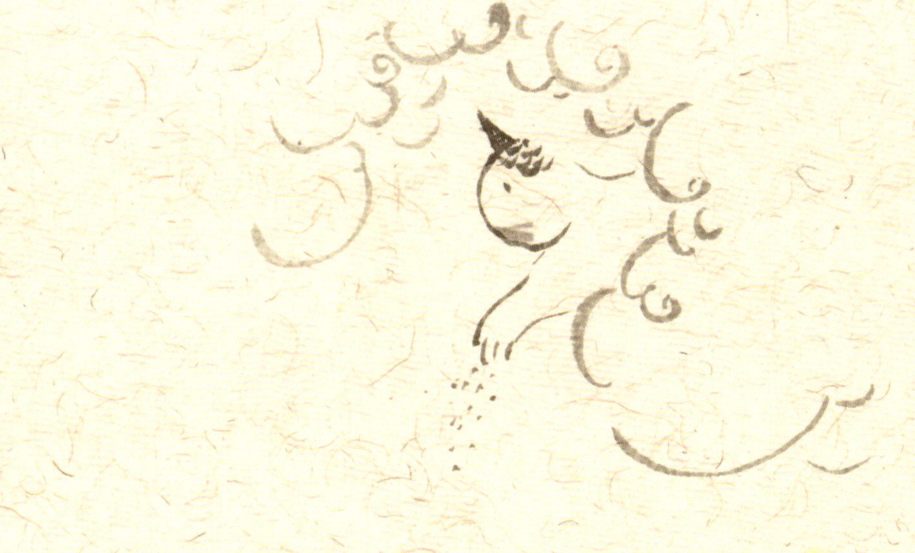

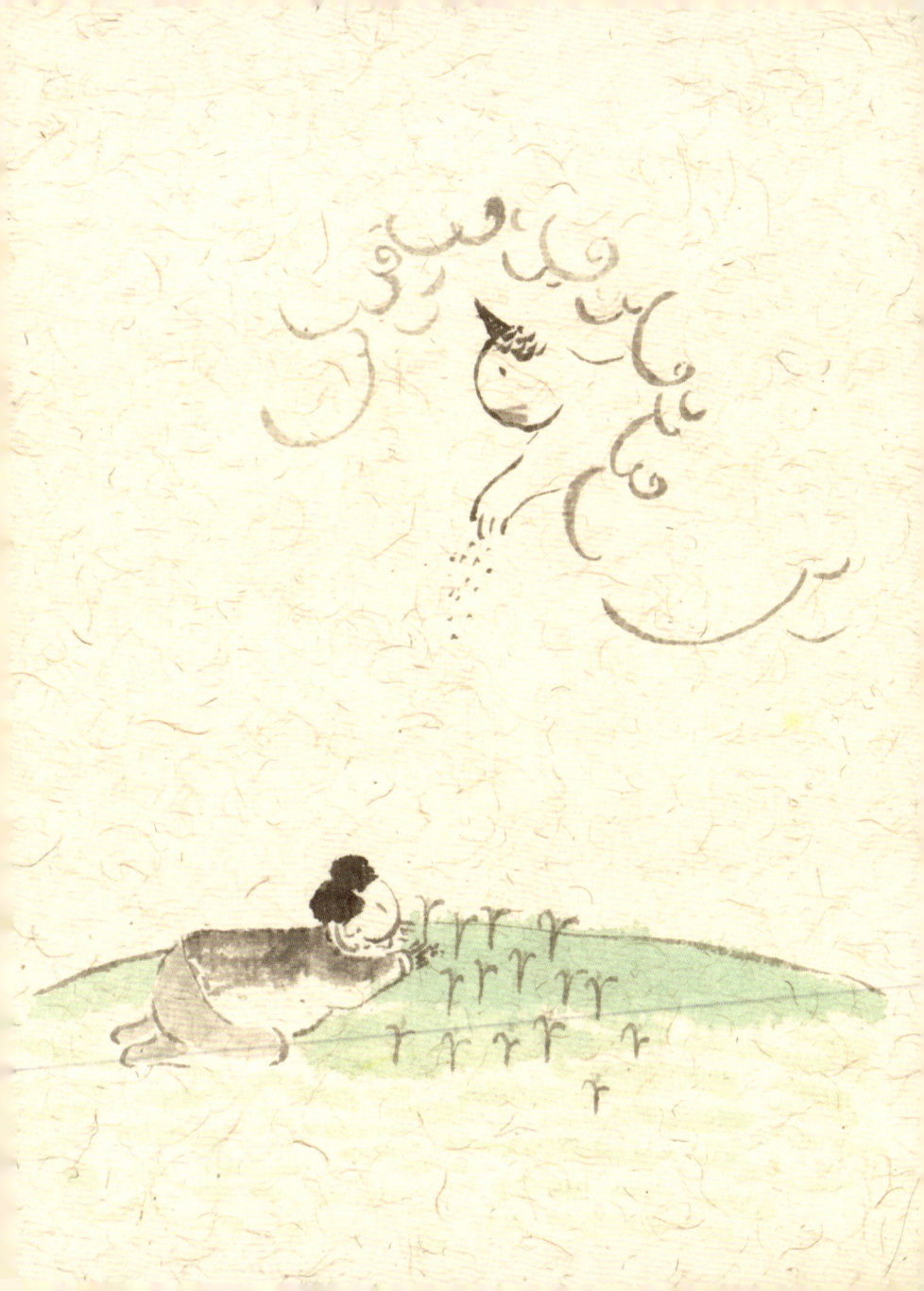

又

孩子
哭着哭着
回家来
问怎么啦
风那家伙
把我摔一跤
哦　好啦好啦
看下回阿爸逮住它
狠狠地给它颜色看

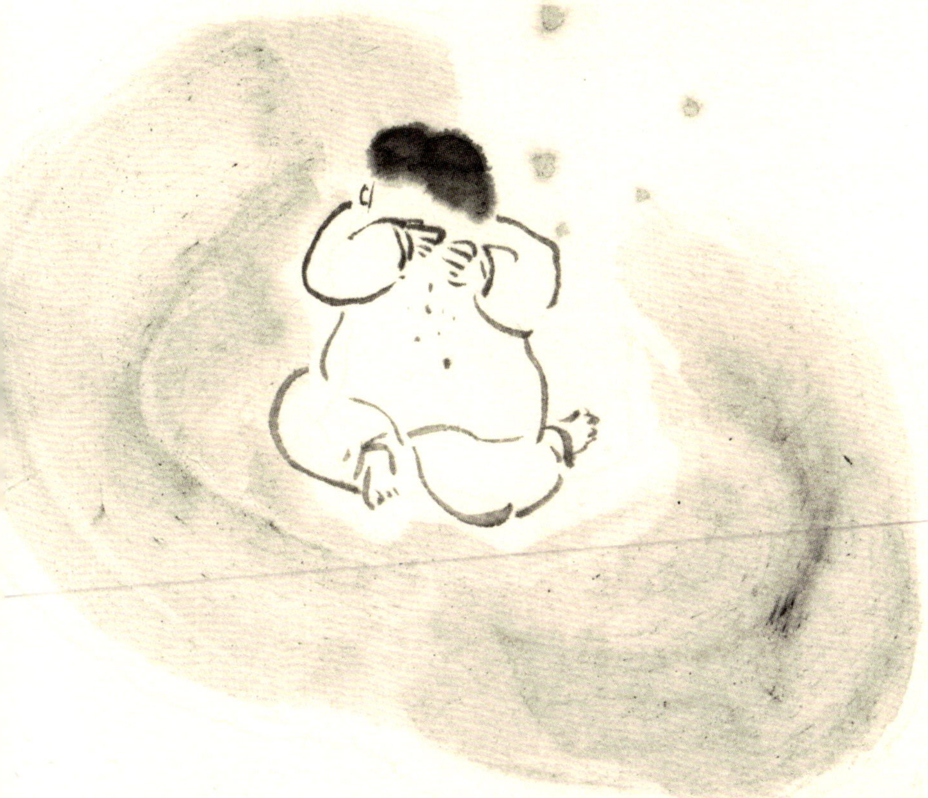

马

足足
灌满水的
秧田
整¹田的马　在田埂上
吃着紫云英

1 整，播种前进行耕地、耙地、平地等工作。

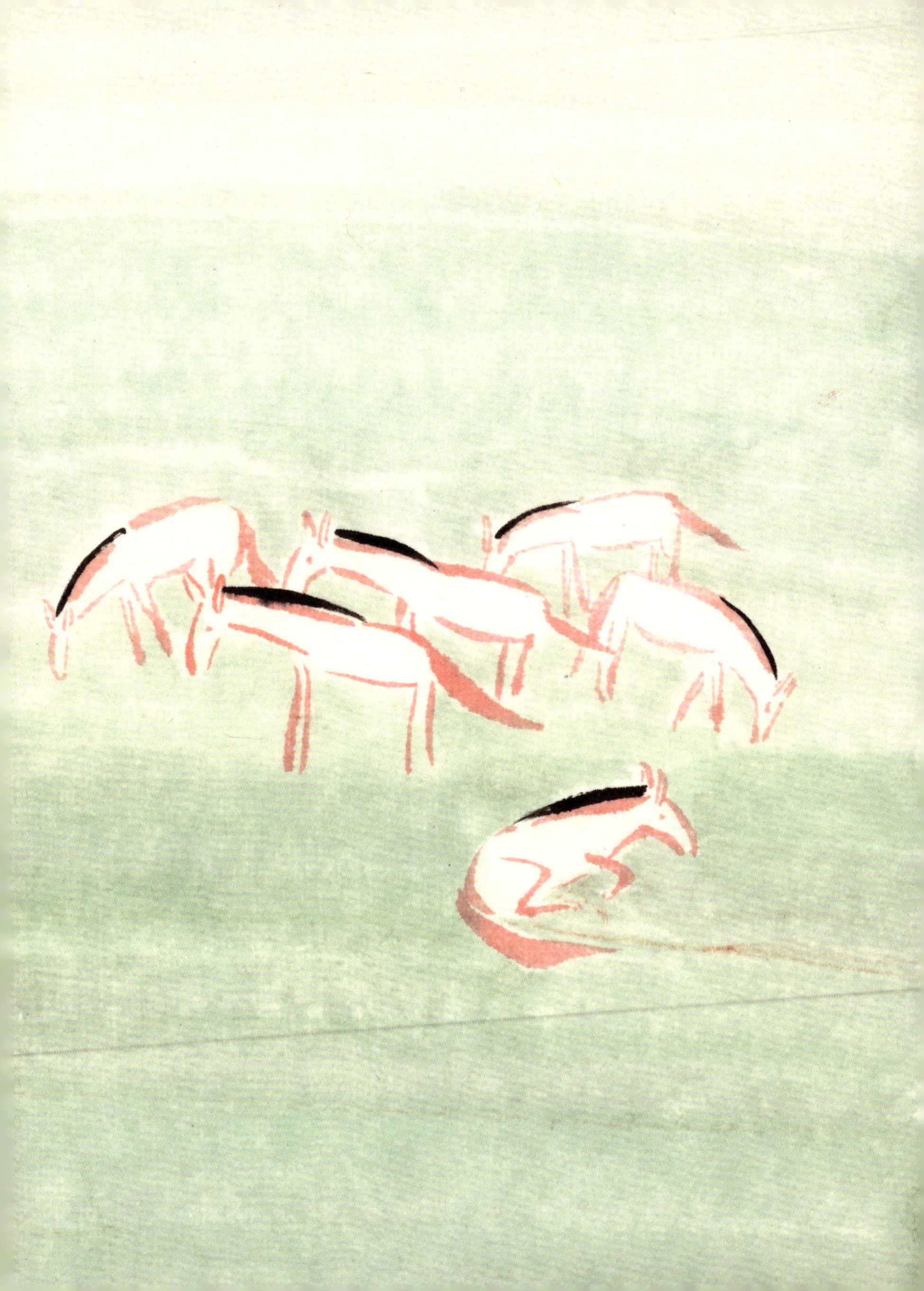

又

马立在水里

马看水

水里映着马的脸

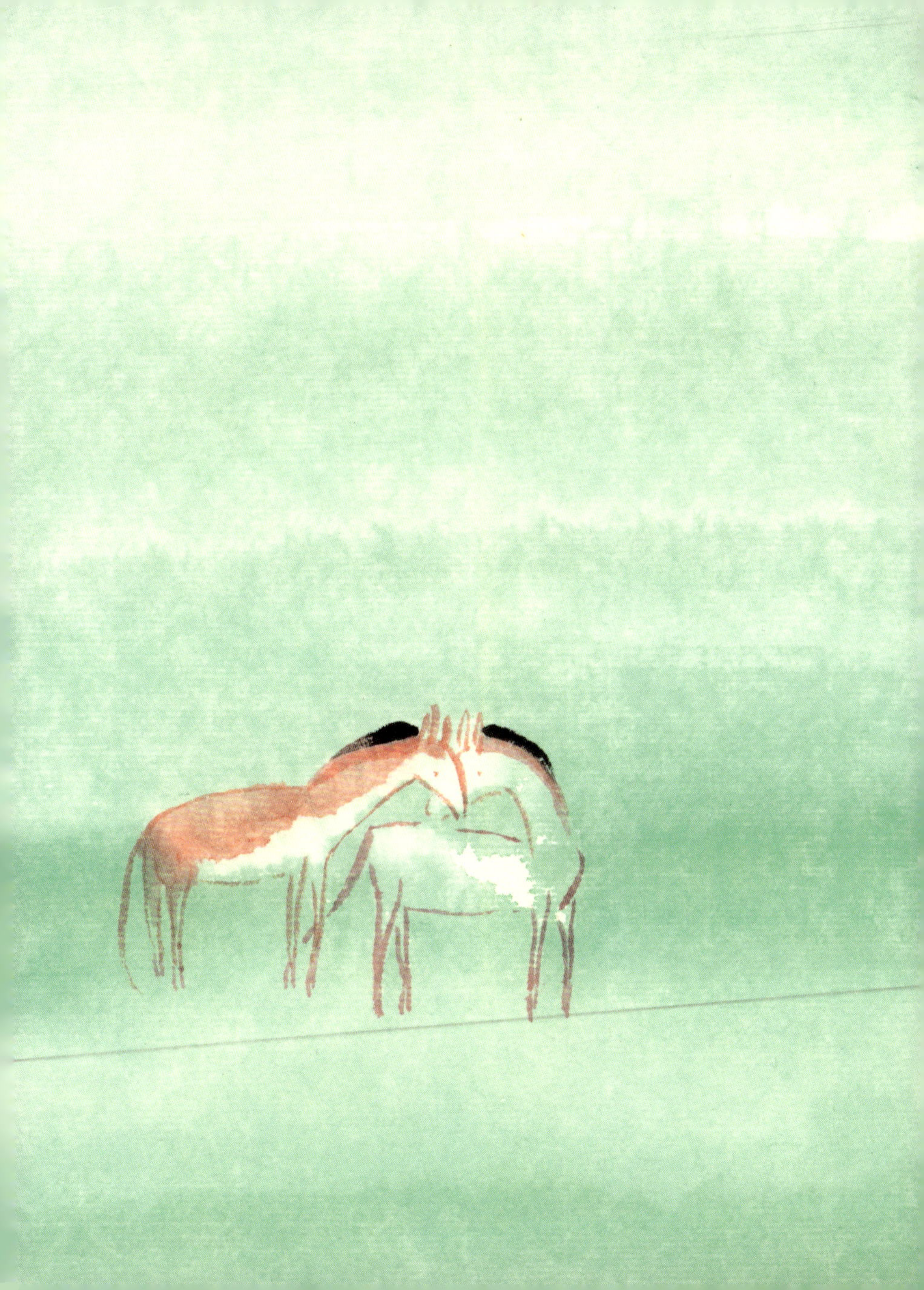

又

四下没有人
马
嗅着
水的香

黄昏

马呀
那么大的个儿
还像孩子一样
连澡
也要人给你洗吗
啊　流萤

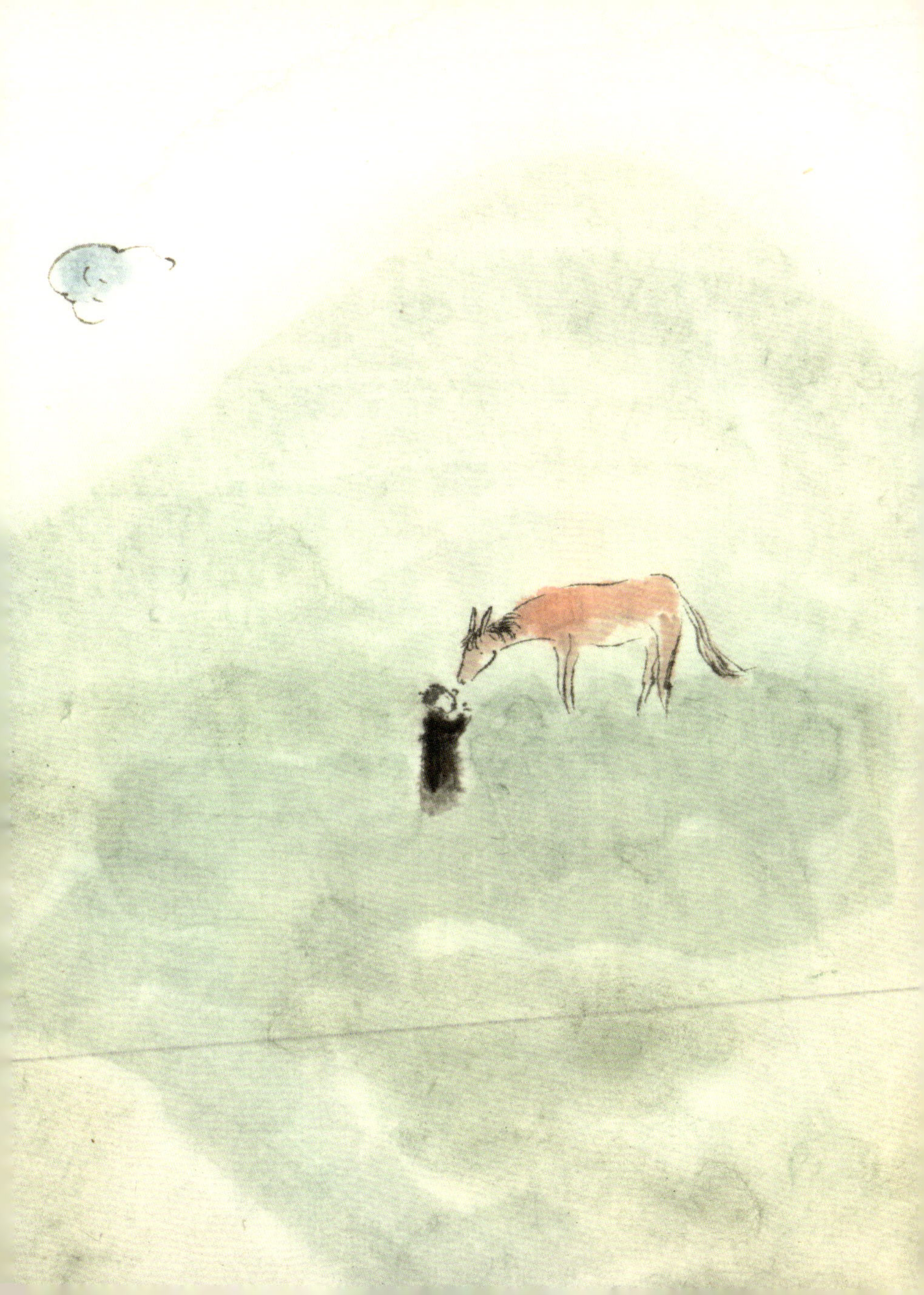

牵牛花

一瞬
也是宝贵的吧
牵牛花一朵啊
初二的月一钩

又

且不去管芭蕉[1]

生了火

沏了茶

然后想起来似的

往一旁的饭桶里看

寂寞地微微笑

把那茶　嗵地胡乱泼了

沙沙

吃罢冷饭

牵牛花啊

是那样吧

他　无有妻也无有子

---

[1] 芭蕉，即松尾芭蕉。

又

话说　话说
这饿鬼是怎么了
在背后
反叉着手
是想着吃牵牛的花吗

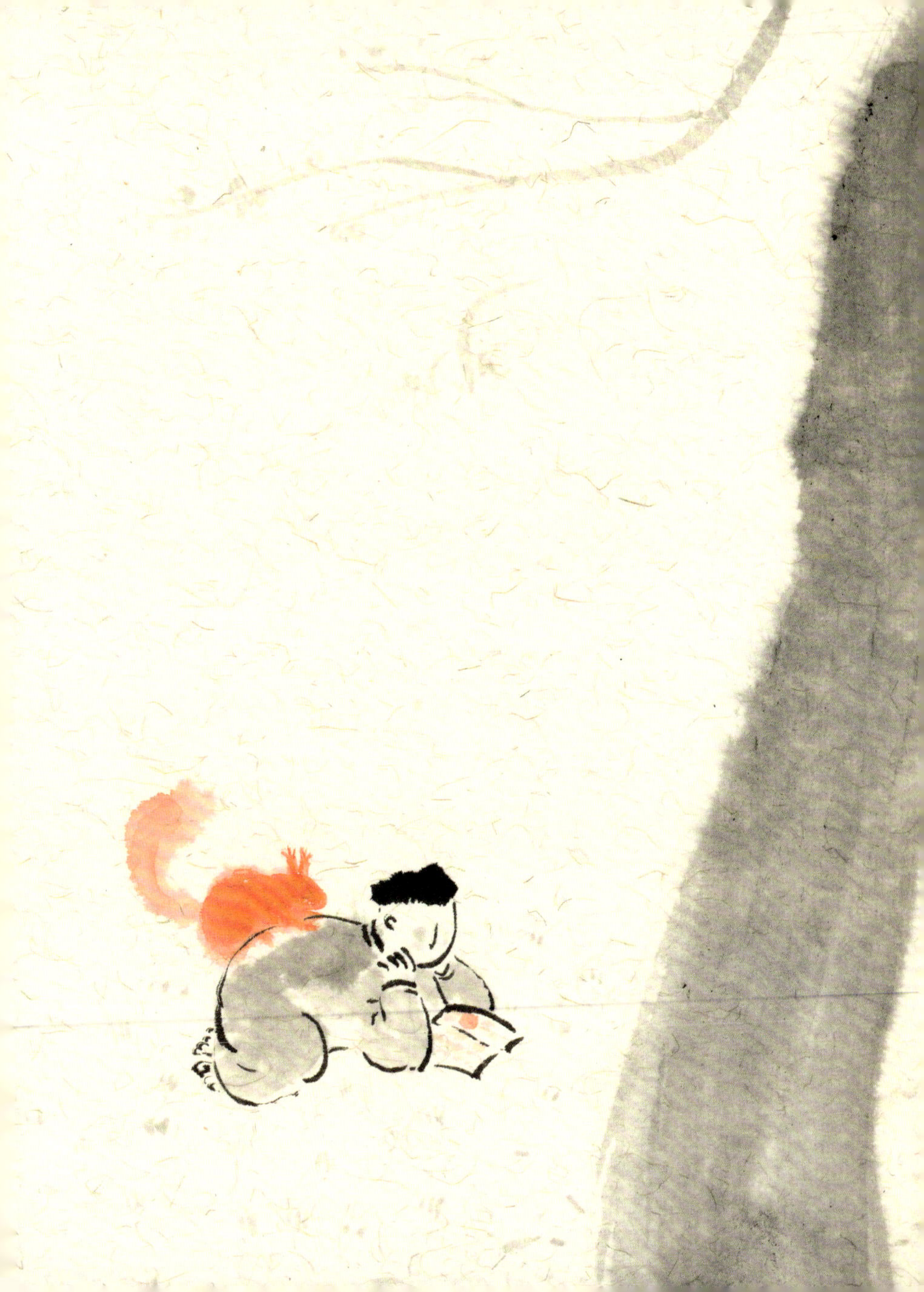

骤雨

从沼泽上空
骤雨过去了
那很高的高处
一只云雀在啼啭
咕刺啦
咕刺啦
土豆煮熟了

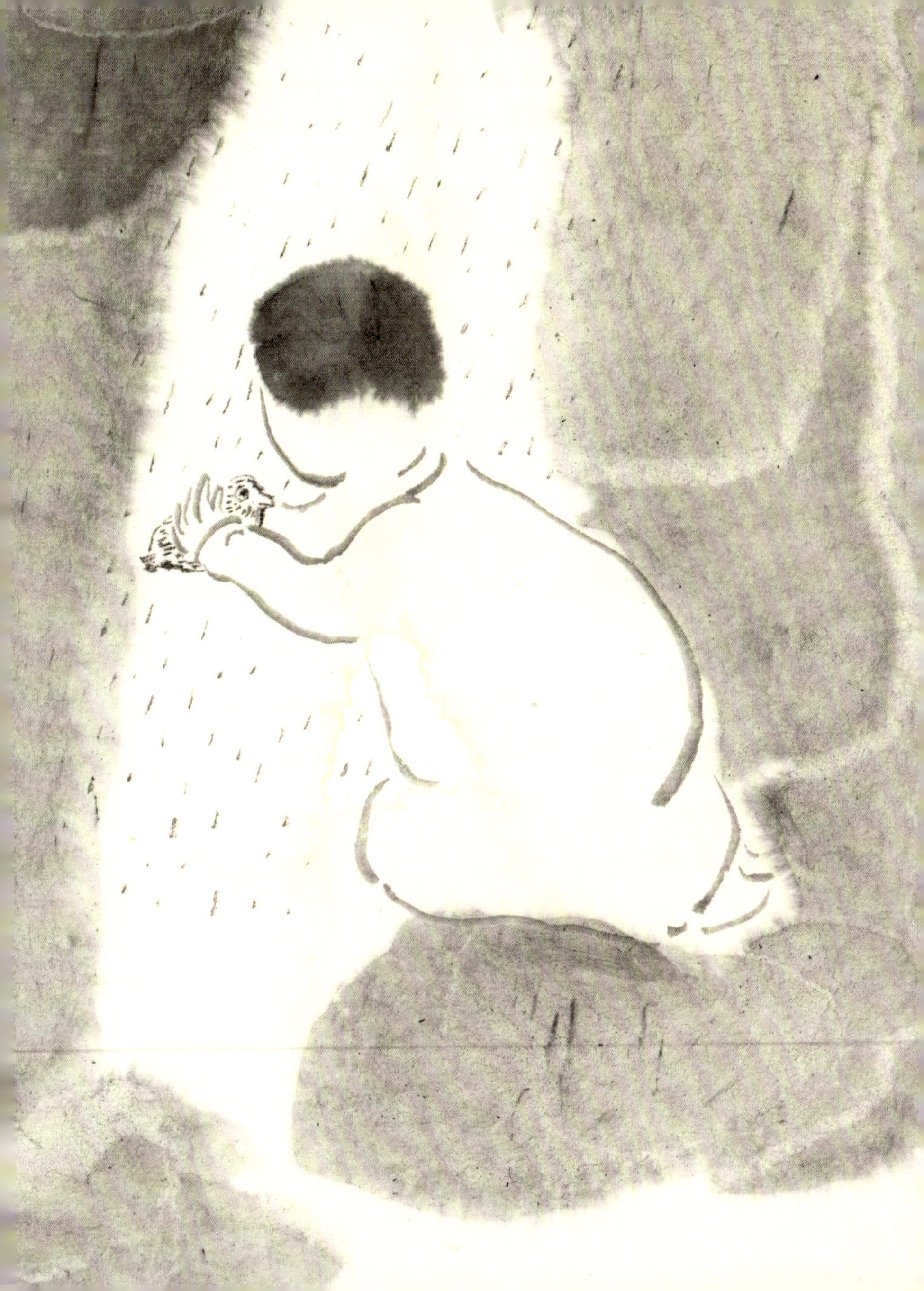

又

骤雨
把他们淋得精湿
马和赶驮马的人
都一样

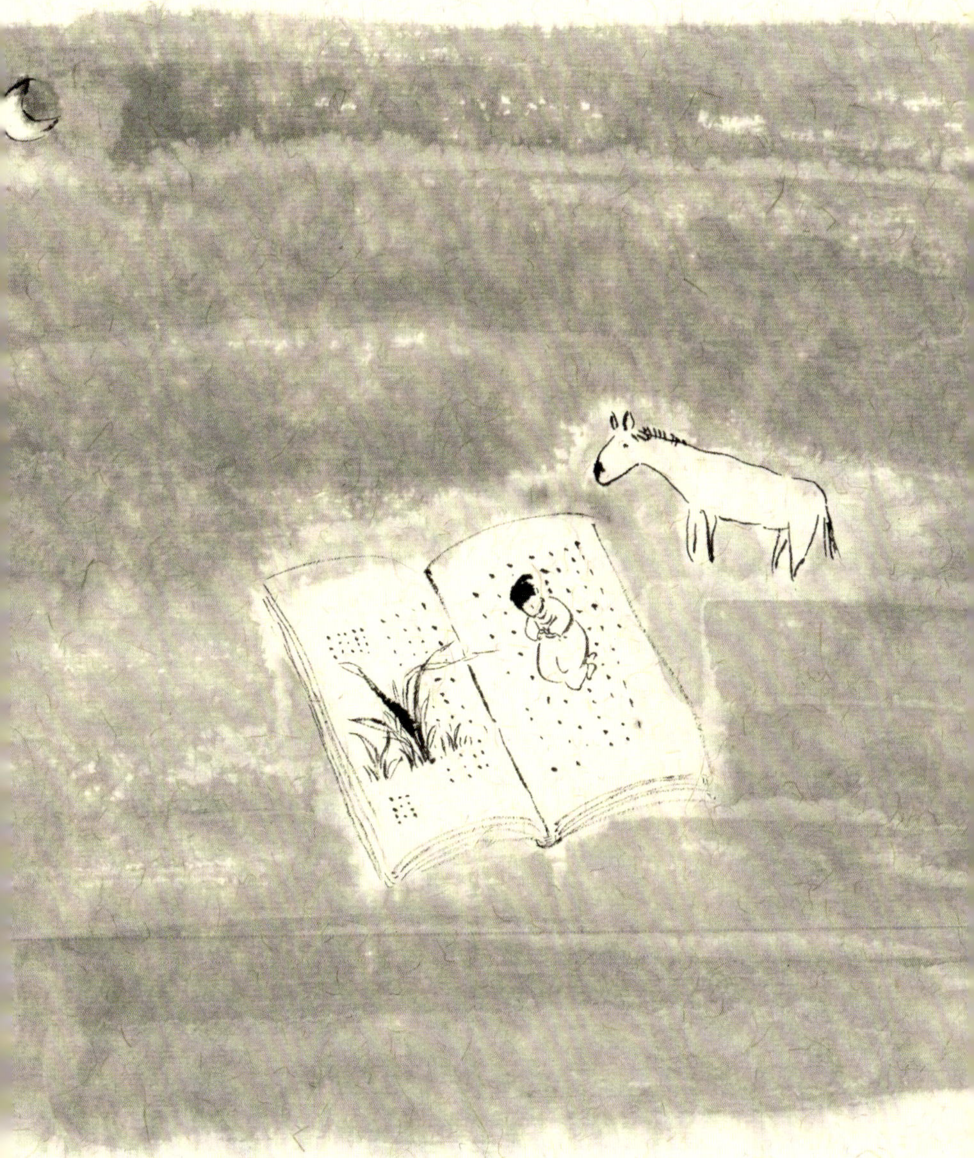

病榻上的诗

是清晨
一粒一粒的水珠
在叶尖尖发光
凝着它的全心

啊　那被辜负了的
一颗又一颗

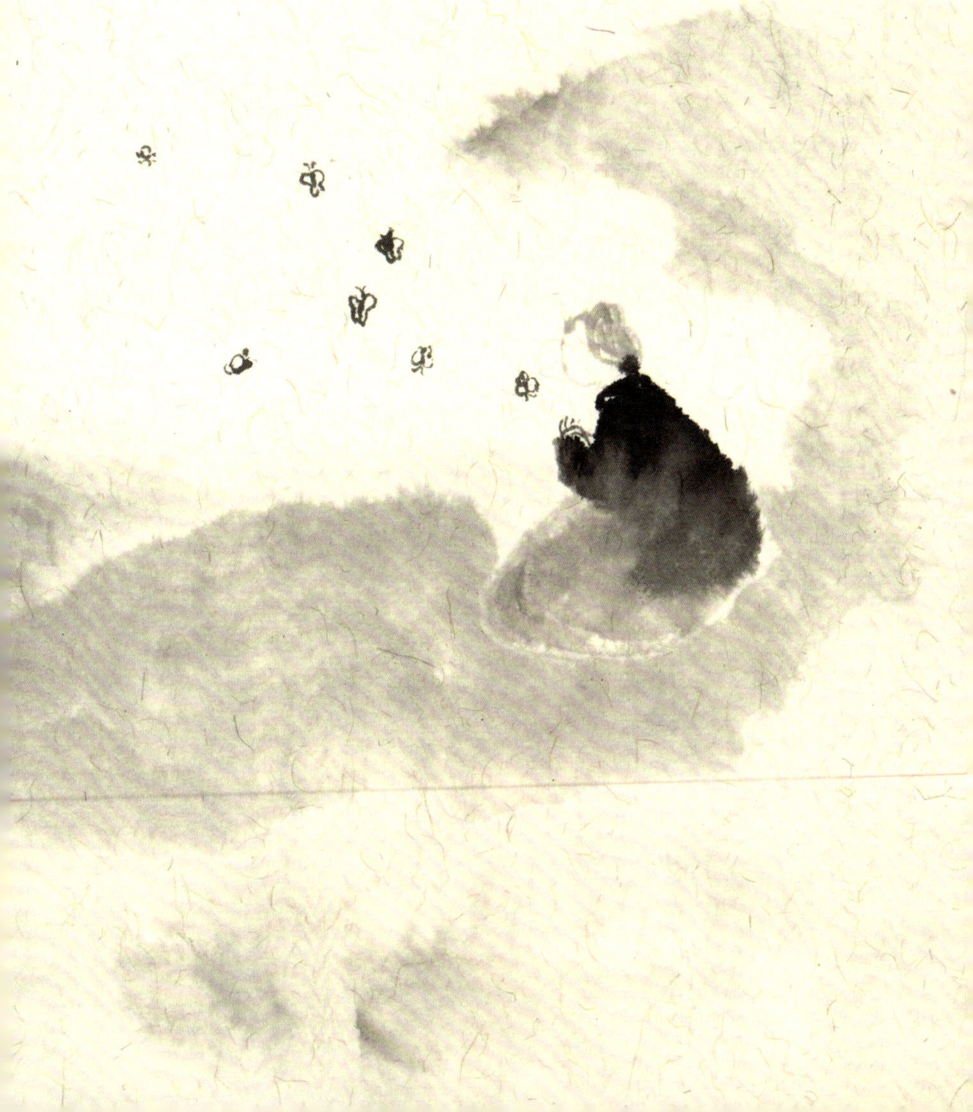

又

看了又看
那眼中
似闪映着
黄金的小阿弥陀佛
玲子呀
千草
叫一声阿爸好吗
我多么有愧

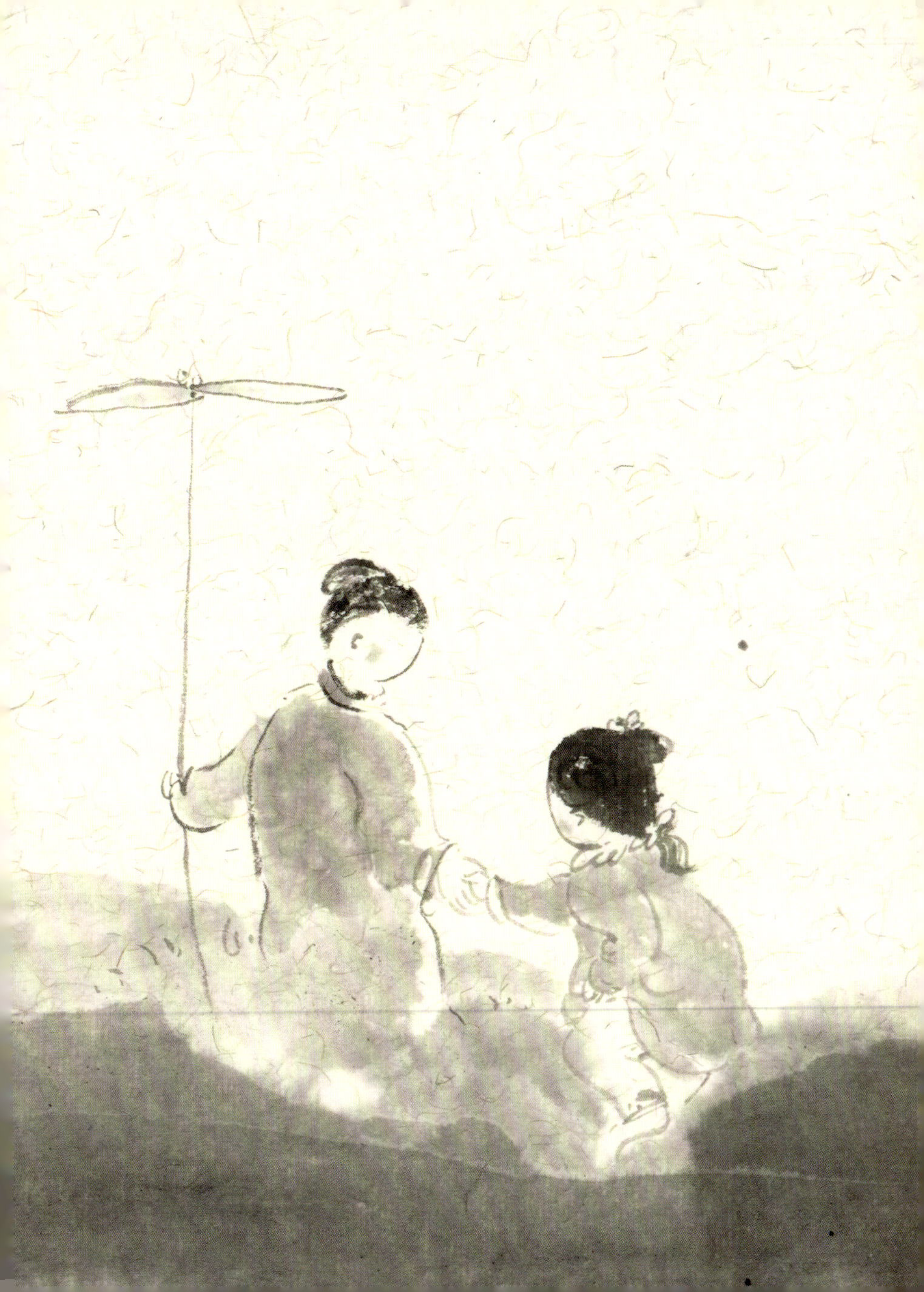

又

啊　惶恐
不胜感激惶恐
早上又替我端来粥
看着牵牛花的
妻啊
活着不得不经历的
我想　我已明白

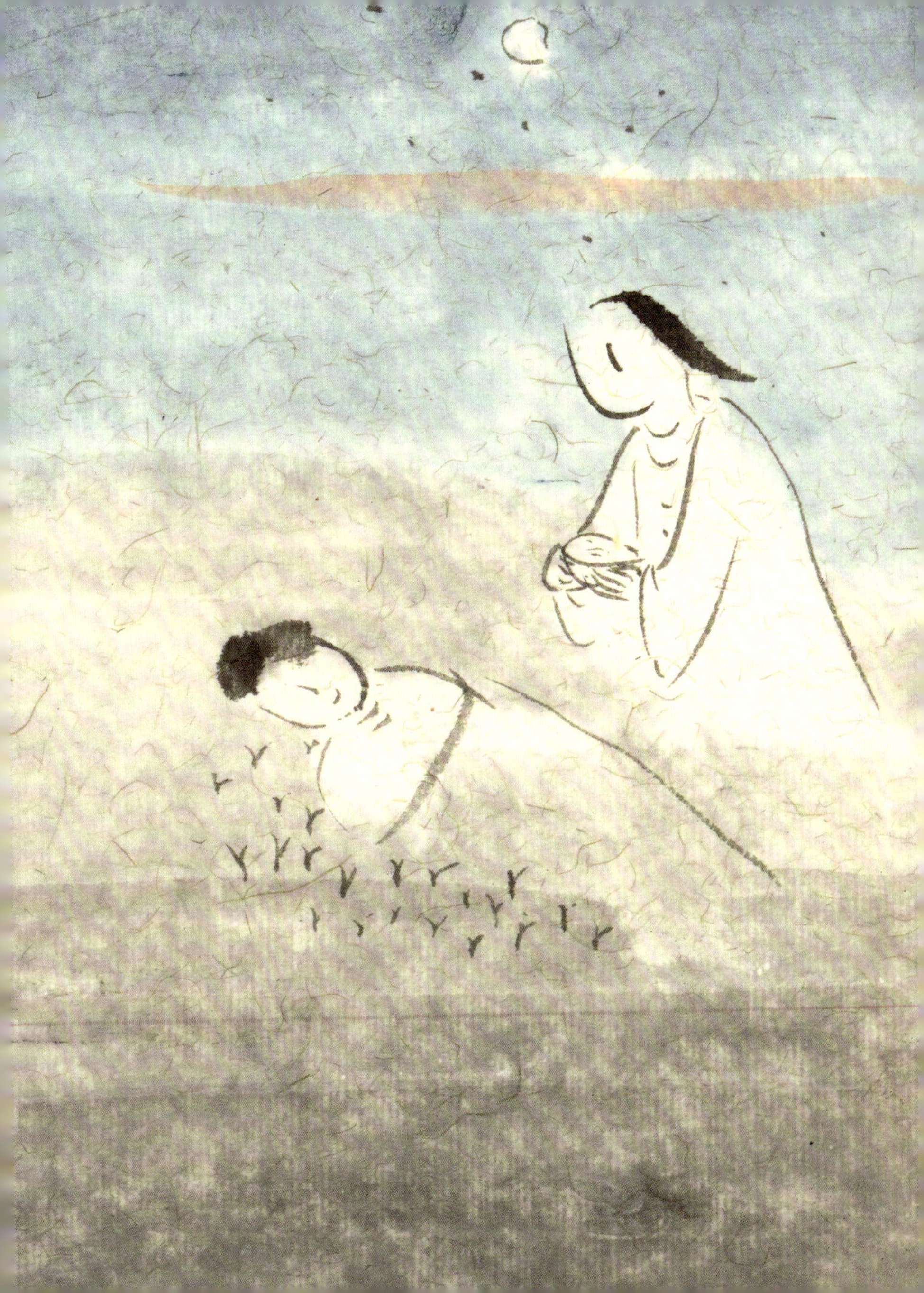

又

啊　这好得有些过分的

静静

落下来的松针

挂在蛛网上

那一根两根

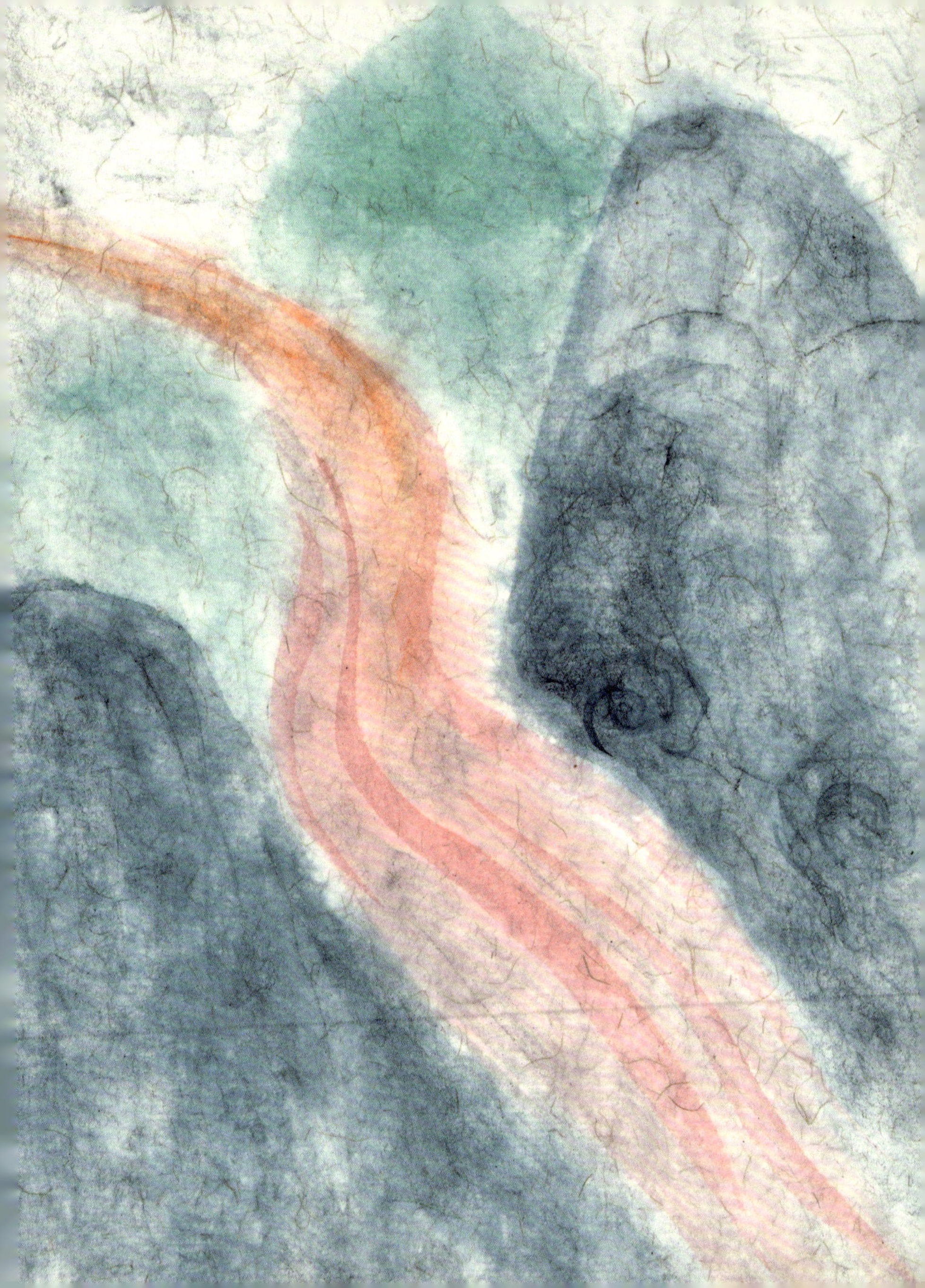

又

啊　多奢侈
这样地活着
松风啊
白昼的月

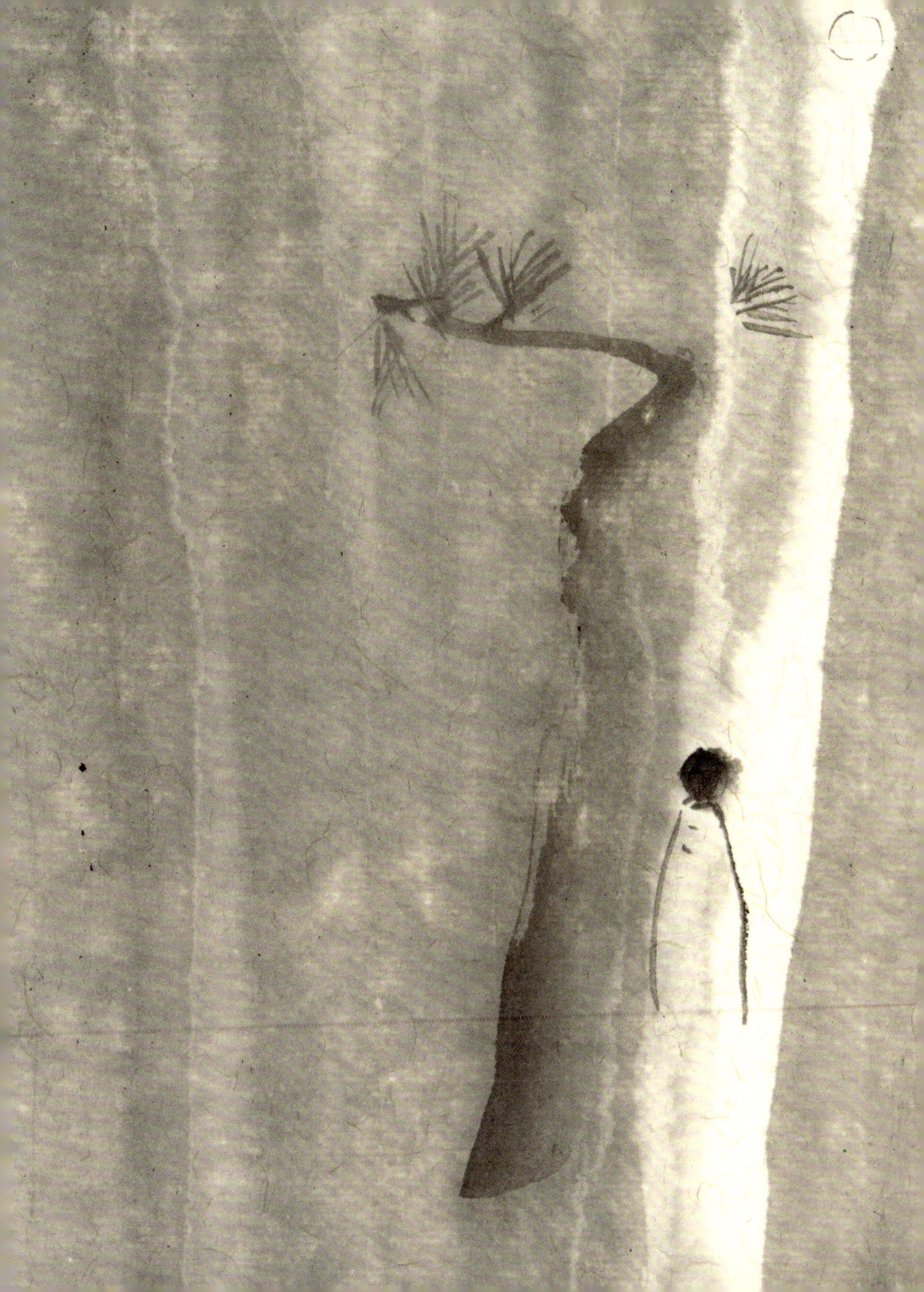

又

啊　多感激
不胜惶恐
蟋蟀
是不是连你
也不睡
在这深夜
为我在叫吗

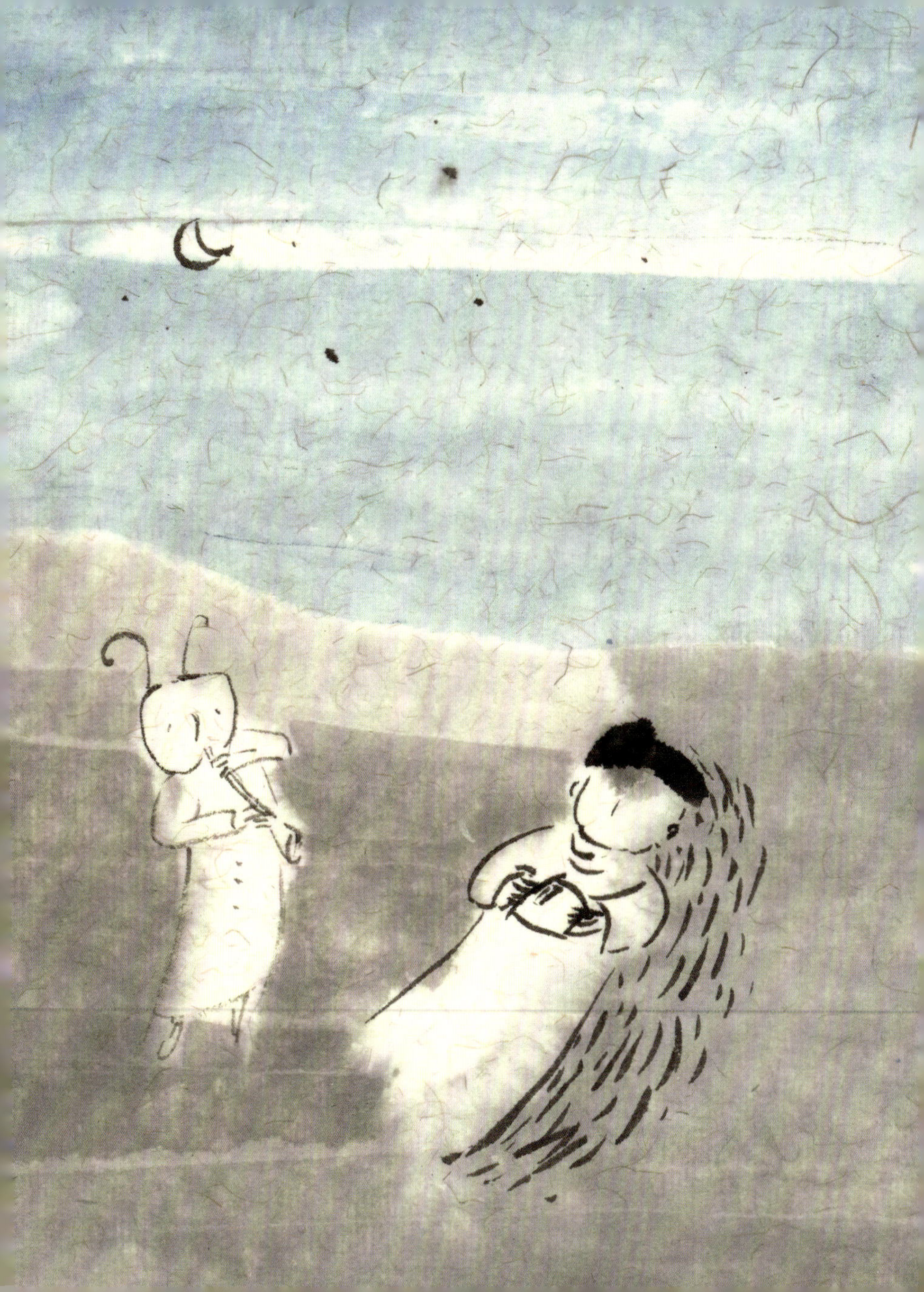

又

如此奢侈呀

多感激

这样地

躺着

竟看到你呀　月亮

又

啊　惶恐
多么感激惶恐
妻啊
正是因为贫穷
才看得到　这么好的月

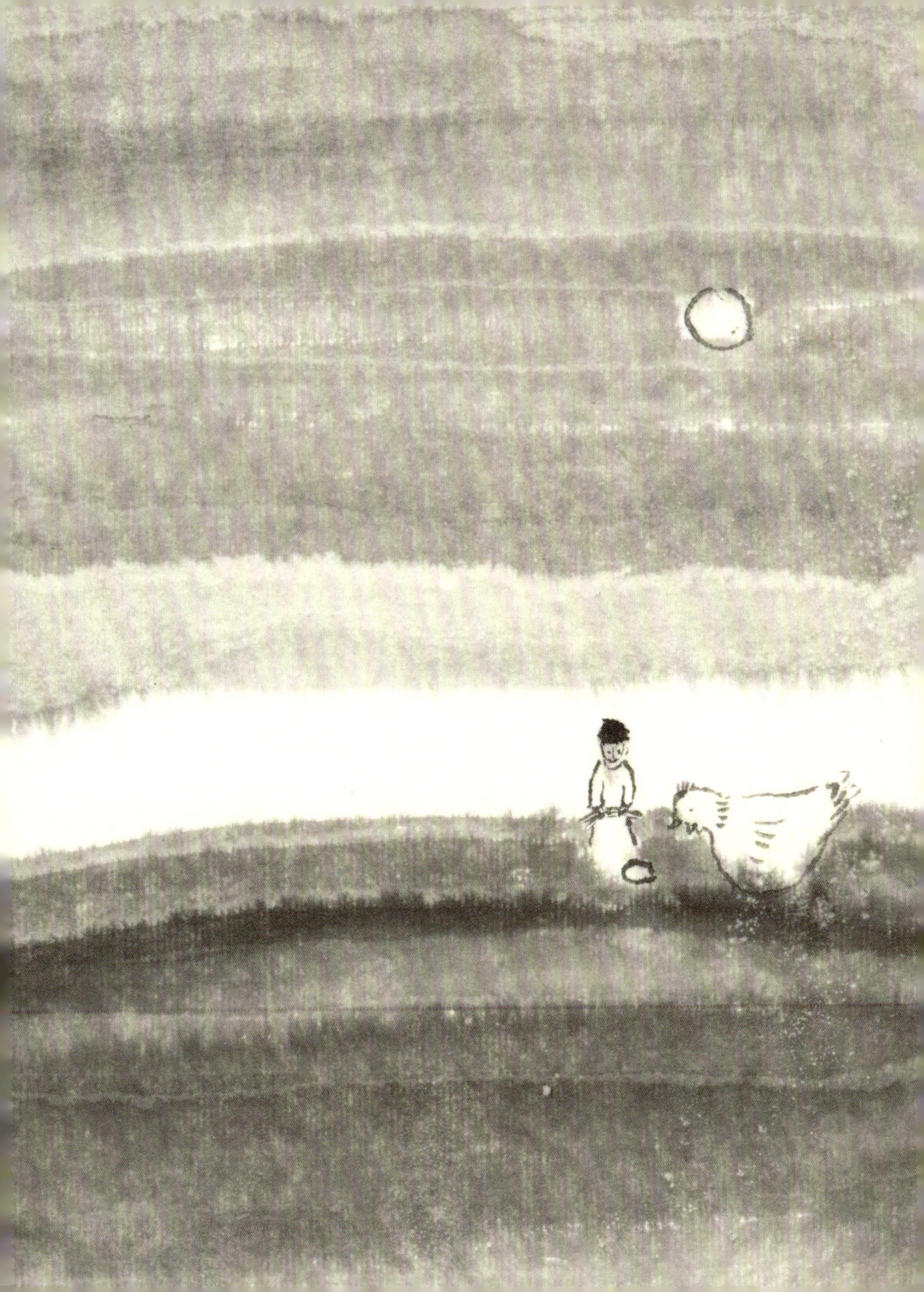

月

忽地
月亮出来
山丘之上
慢慢慢慢地
谁在走

又

脚下也是
头上也是
远远的
远远的
月夜啊

又

那一处亮的
是牡丹吧
是的
是牡丹
这有星星的
月夜啊

又

雾霭深浓
似远
又近的
月亮光
照着一树　一树什么花

又

竹林里的
夜雾浓
远远地
野蔷薇散着香
在哪里呢
在的吧
月亮

又

被月光照傻了吧
那只蝉
呀　呀
这松树的枝头
灿烂如鲜花盛开

又

被一个穿和服内裙的
抱着
睡觉觉
大西瓜　很开心吧
那手抱住的地方
因有月照着
而特别亮

又

在月夜里
孤单
爬动的影子
怎么看
怎么像活物

又

渔民三人
三尊佛
面朝海站着
似在说着什么
因为月太过朦胧
听不清

又

向晚　洒扫庭院
是在等我收工吗
很快　月亮在身后
一声不吭
慢吞吞地出来了

西瓜的诗

农家的正午
静悄悄
西瓜在看家
大家伙一个
滚在屋子的正中央
喂　有小偷
如果我是西瓜
怎能忍住不叫出声

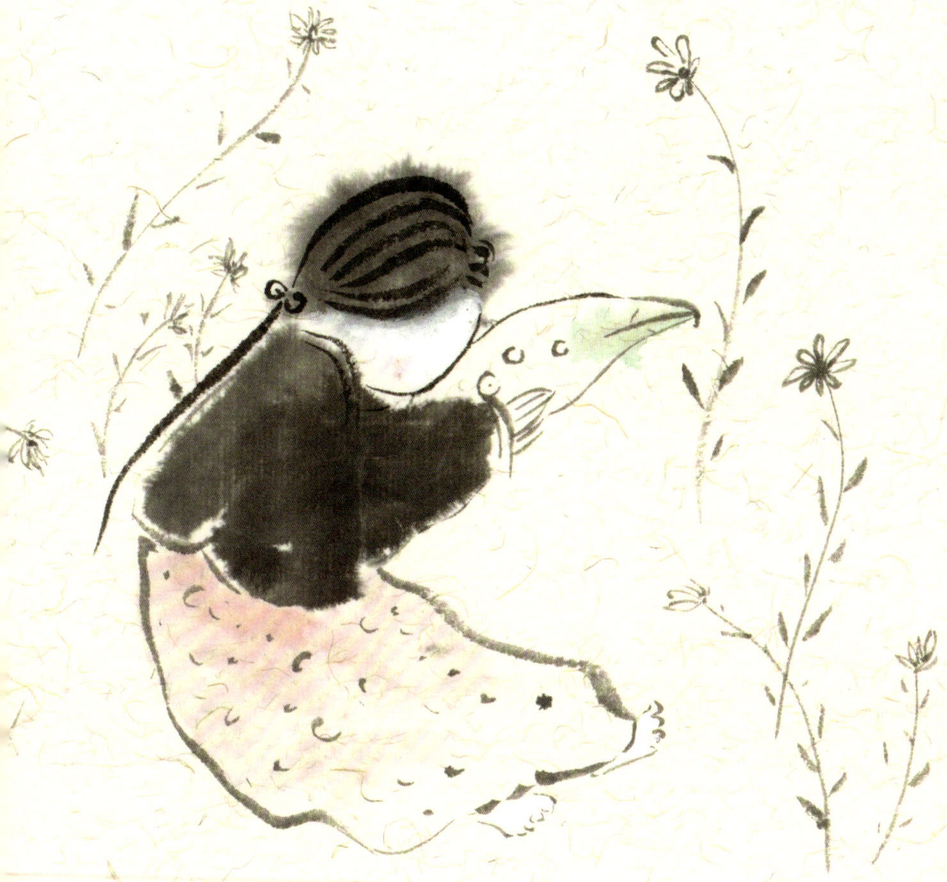

又

房间的正中央
一个西瓜
当是在田地里
四平八稳地躺着

它会说贫穷吗

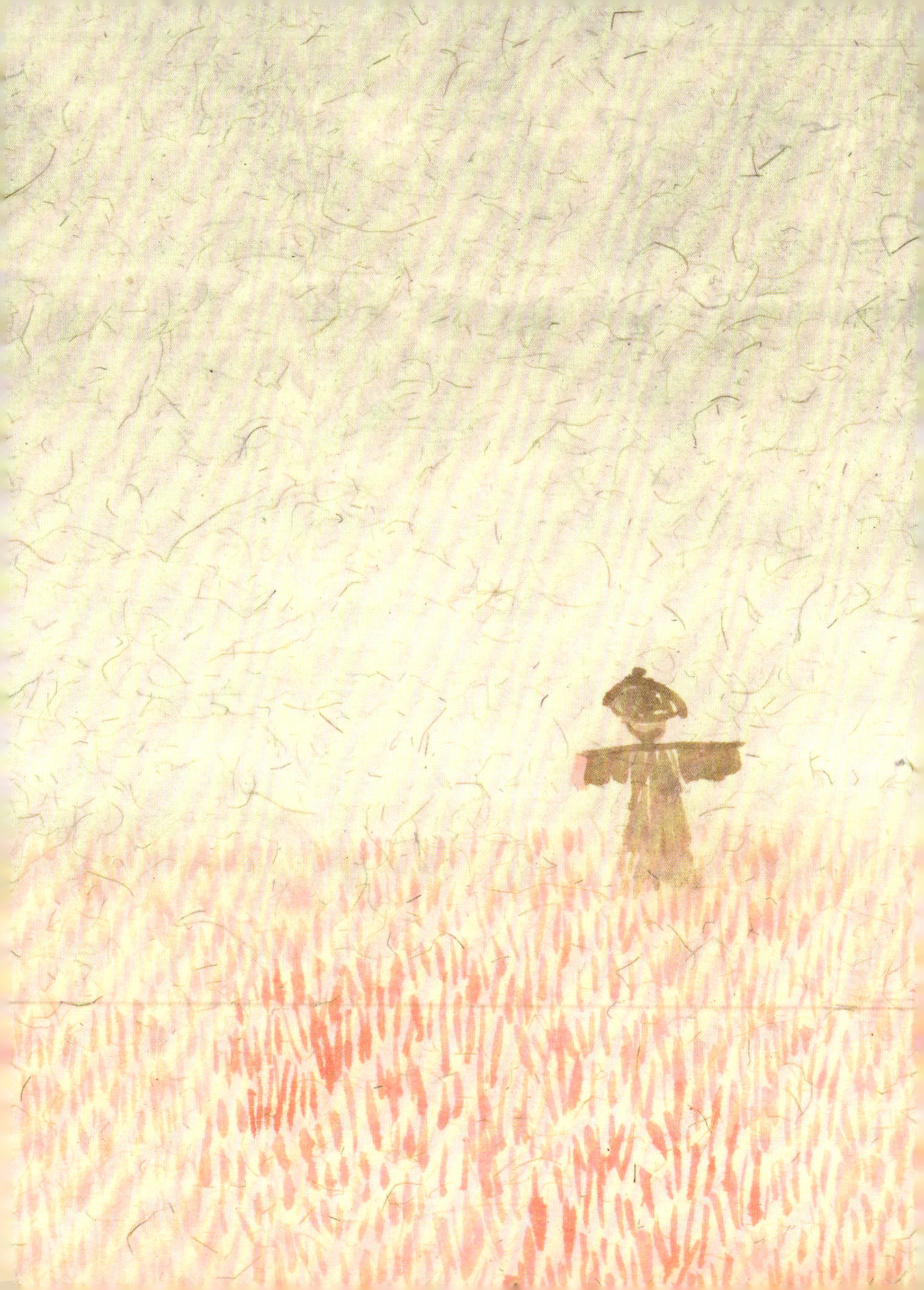

又

这般地在一起
赤裸裸倒着
一骨碌睡着
你们也还是
家的一员
西瓜呀
好歹你也说点儿什么

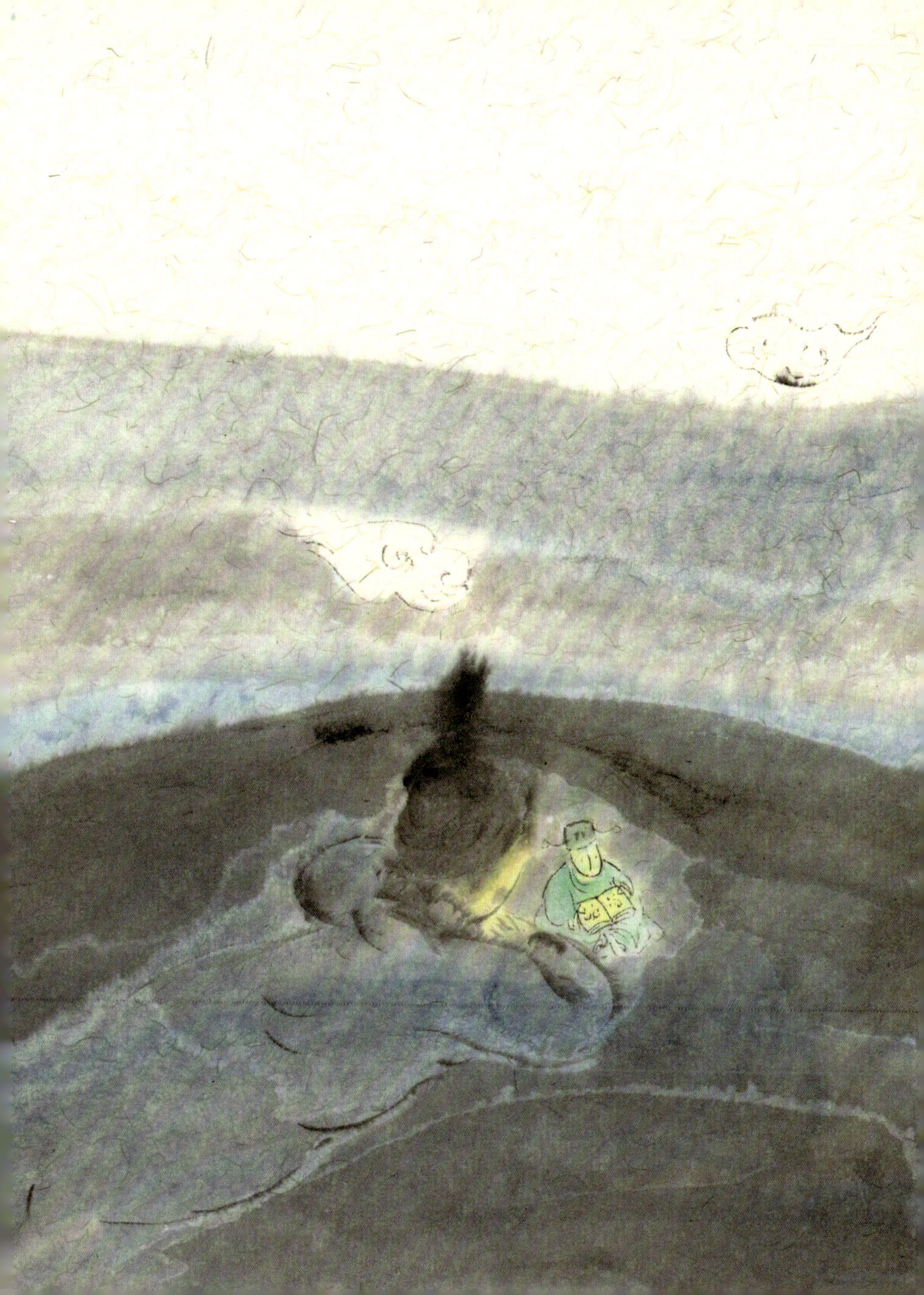

又

总感觉
奇怪得不得了
一被敲
西瓜那家伙就说
噗噗噗噗

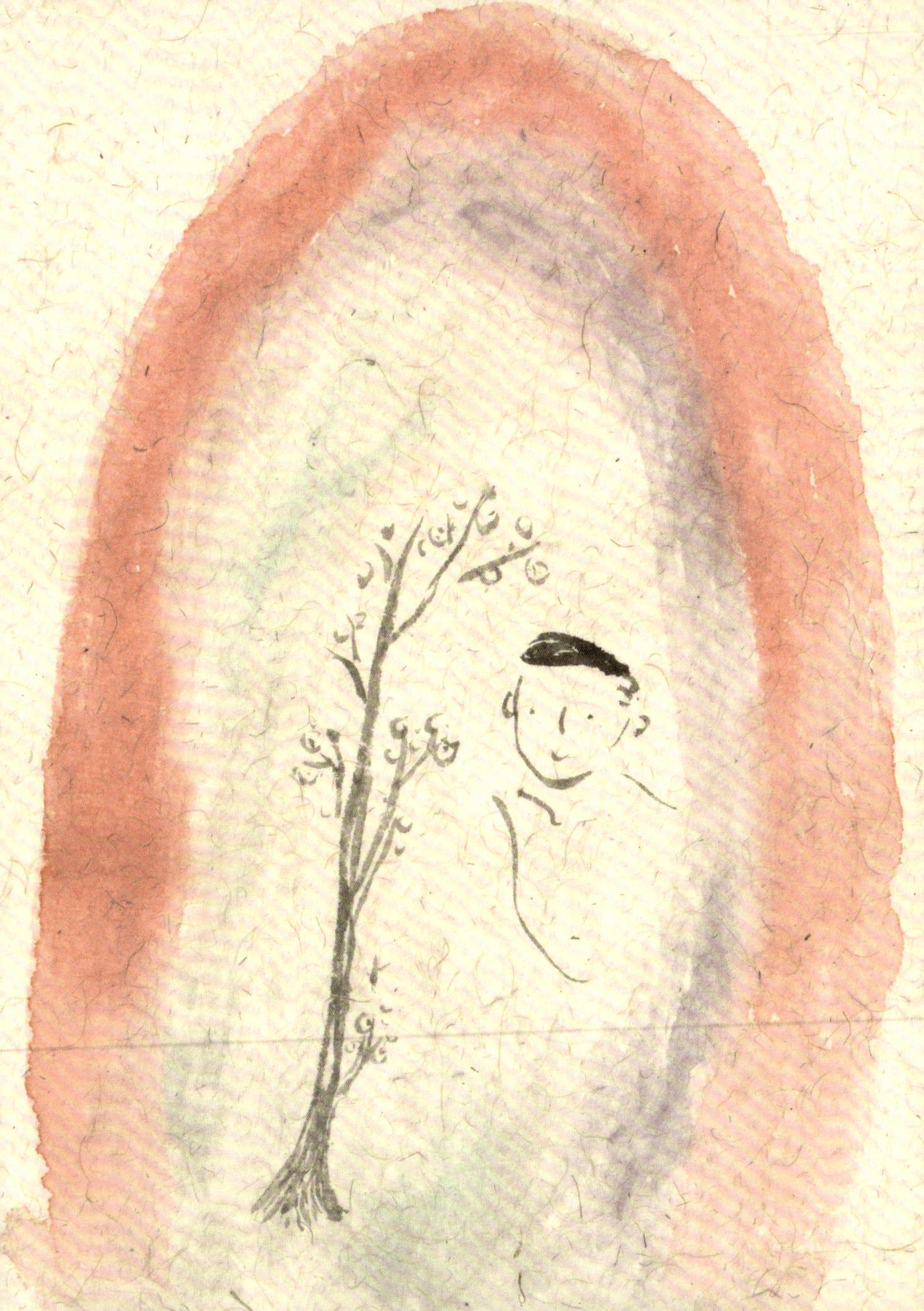

又

大家
都来吧
都来吧
让西瓜在中间
我们在那四周

来　合掌吧

又

大家
都来吧
都来吧
然后团团
围个圈
现在
西瓜刚好分成两半啦

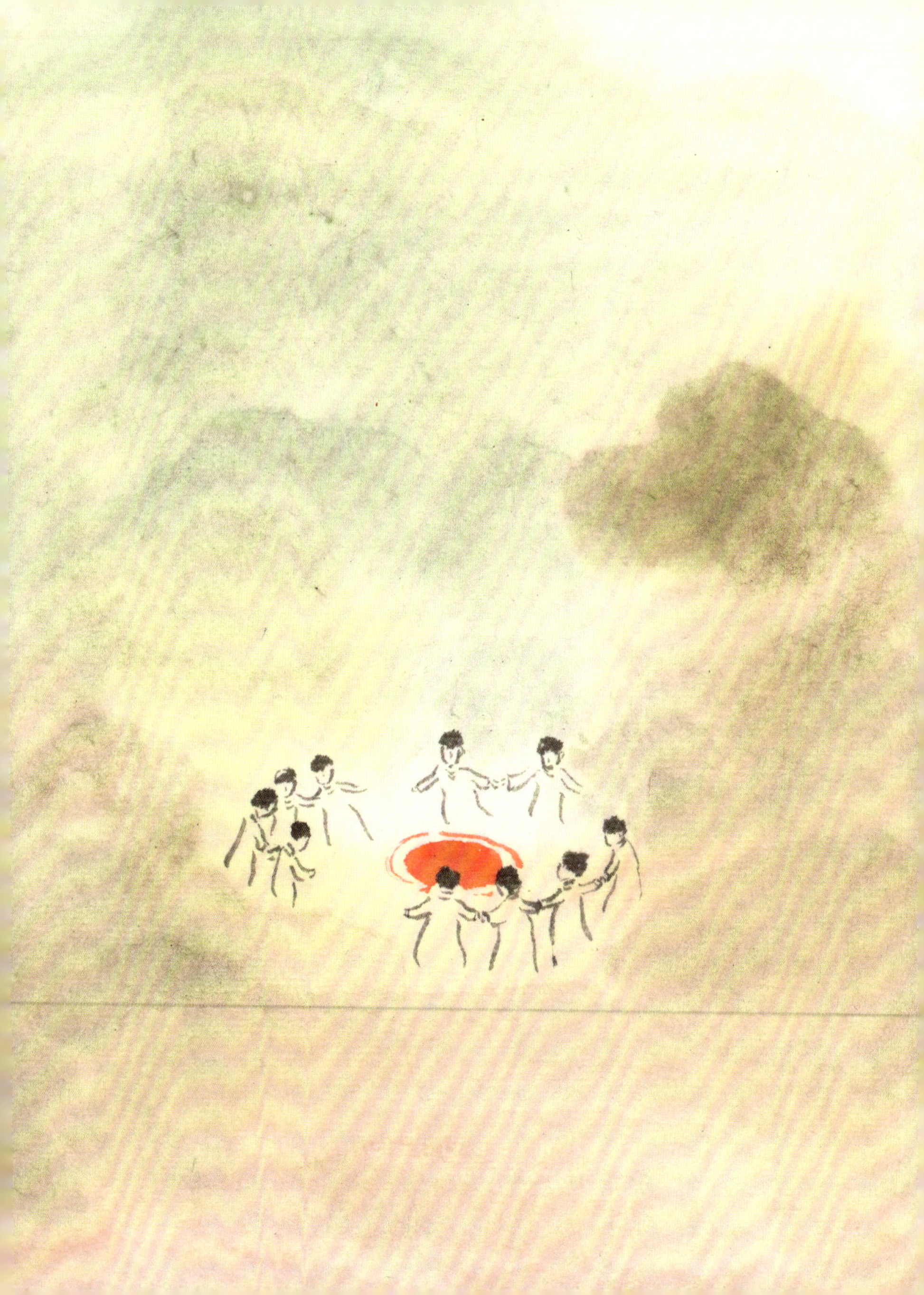

卖糖翁

卖糖的老爷子
丁当啷
丁当啷
穿着草鞋打绑腿
他带来的呀会是啥

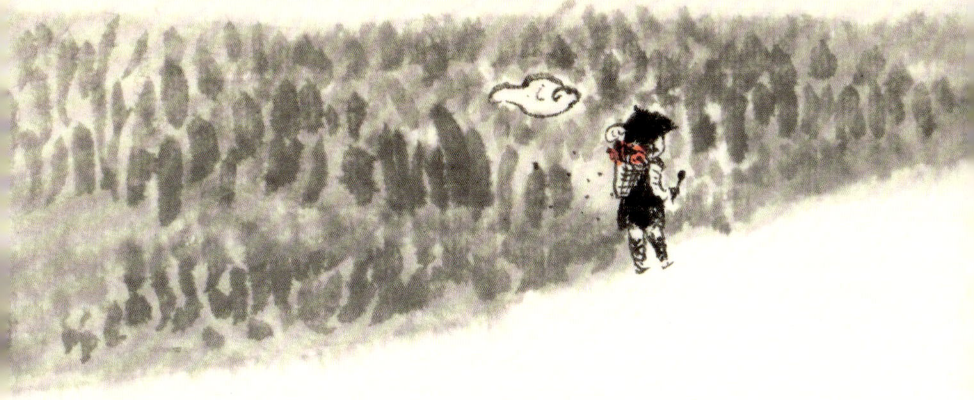

又

从一大早
丁当啷
丁当啷
卖糖的老爷子
又不是为了卖糖
生来这世上
可为什么忍不住
老是那样想

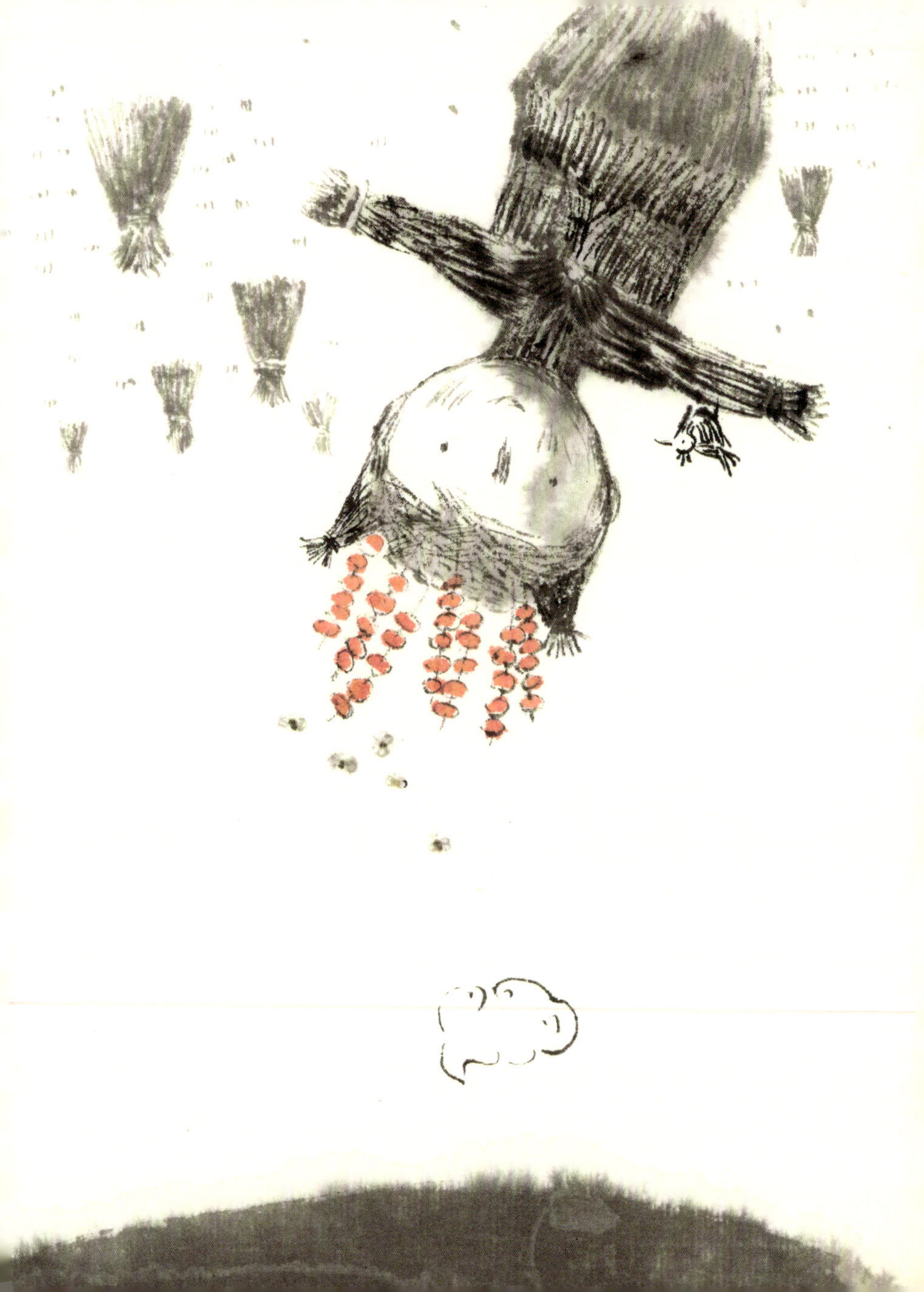

又

卖糖的老爷子
你在我
七八岁那时候
也是
这样年纪一大把
敲着钲[1]啊
在卖糖

---

1 钲,一种敲击发声的小型扁平状金属器具,也作为乐器使用。

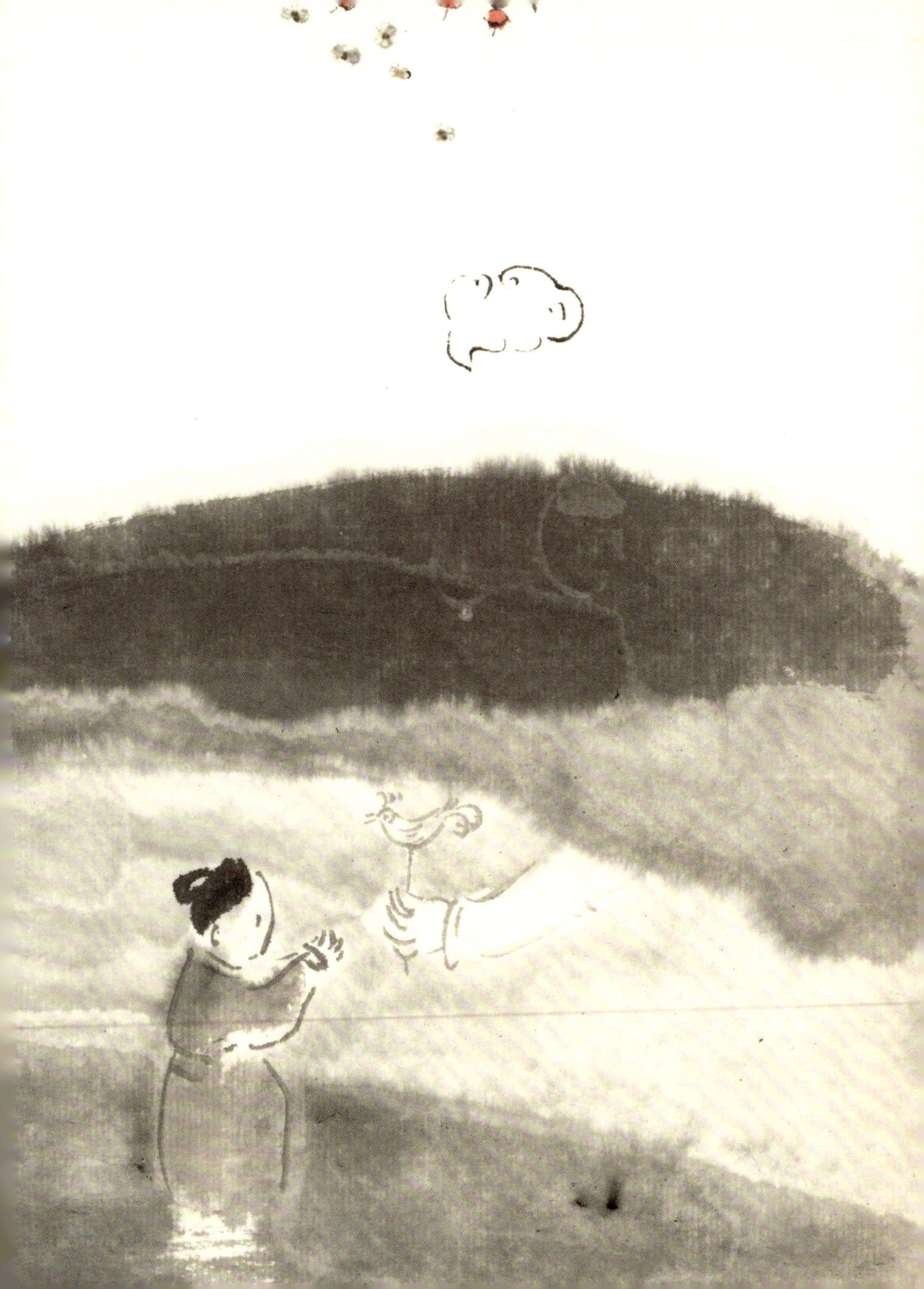

又

一动不动　听着钲的响
卖糖老爷子
背上停着的
啊　一撮蝇
你们要跟着去哪儿

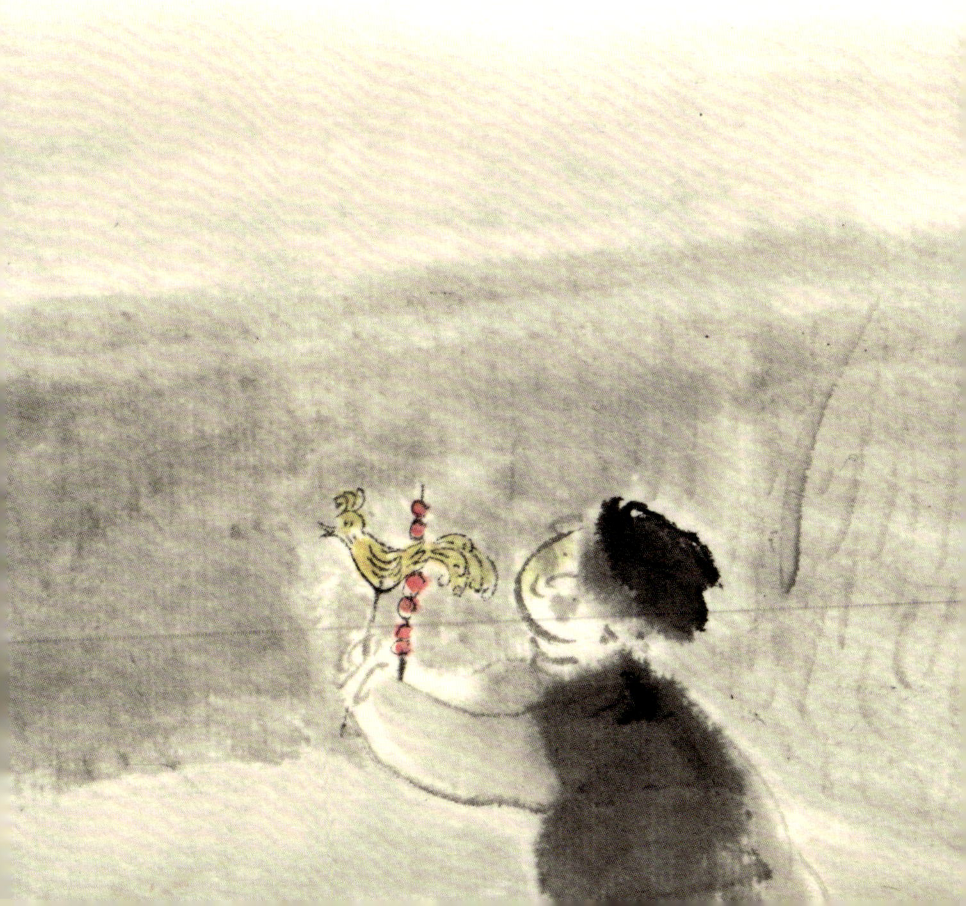

再于病榻

我病了
一躺下
就有轻盈的一片叶
飞进来
是好久未见
那林间的
米槠叶

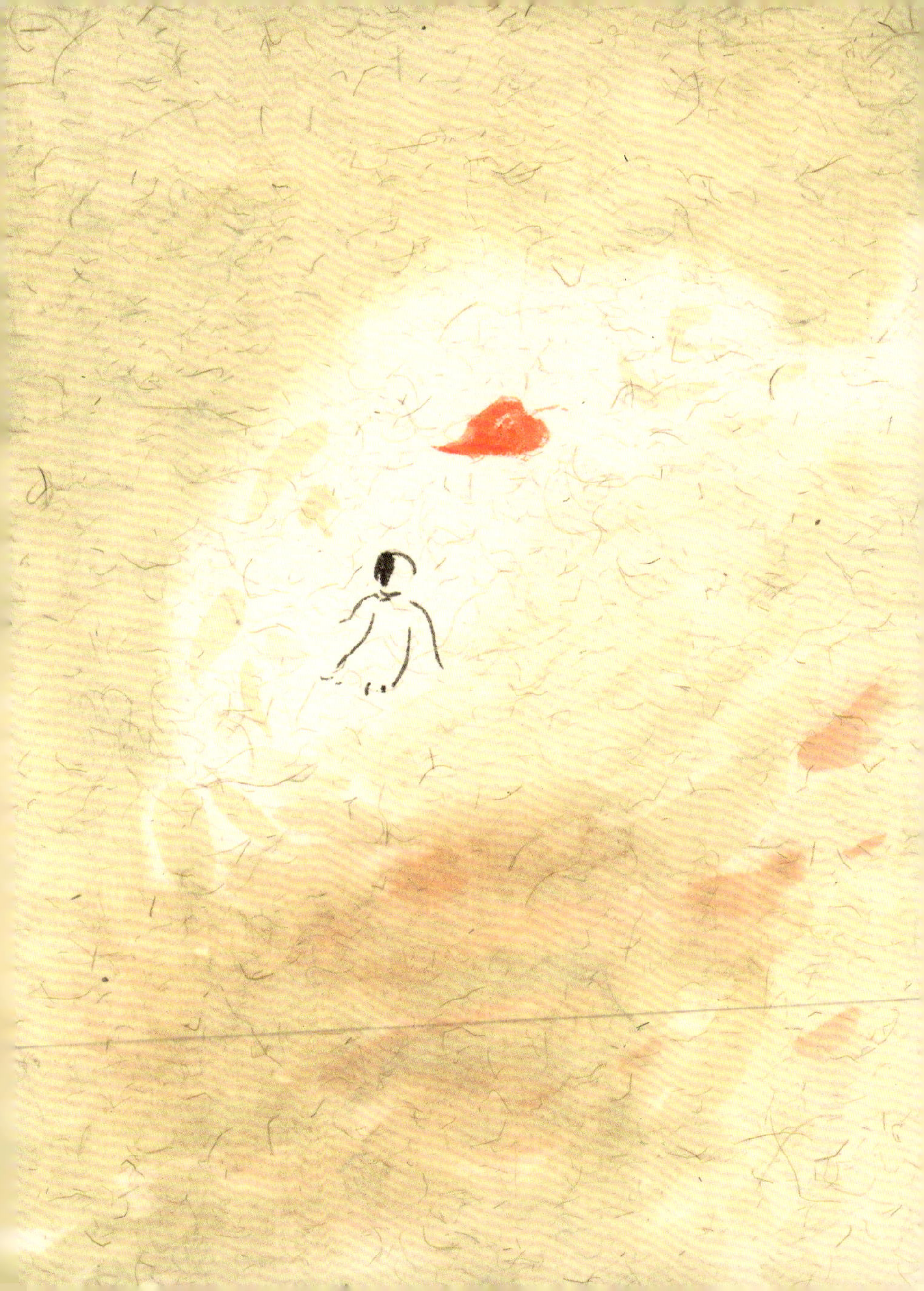

又

我病了

一躺下

蜻蜓就来了　来窥探

来窥探

于晨　于昏

有时是中午

来了　来窥探

又

好多的蝇
虽说和往常一样多
我这样因了病躺着
一只
一只
却都是熟识的老友

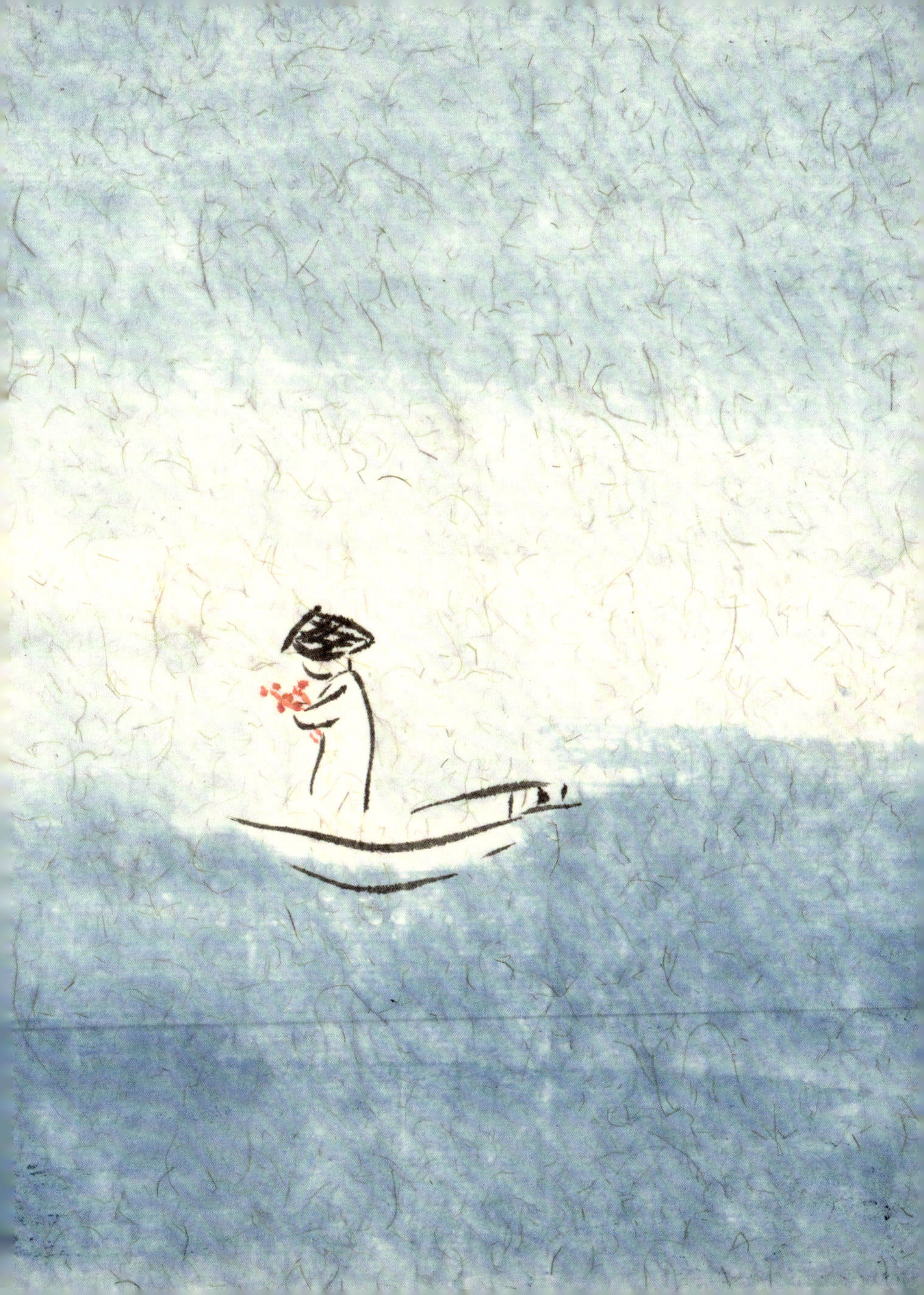

米槠叶

我去林间
不是为了捡拾
这木叶
哦　我也是米槠叶

一天

在哪儿呢
是蟾蜍吗
听　咕咕
咕咕
咕咕
真的
在哪儿呢
虽说已是早春
可夜这么黑
远远近近的
喏　喏　这土地的声音

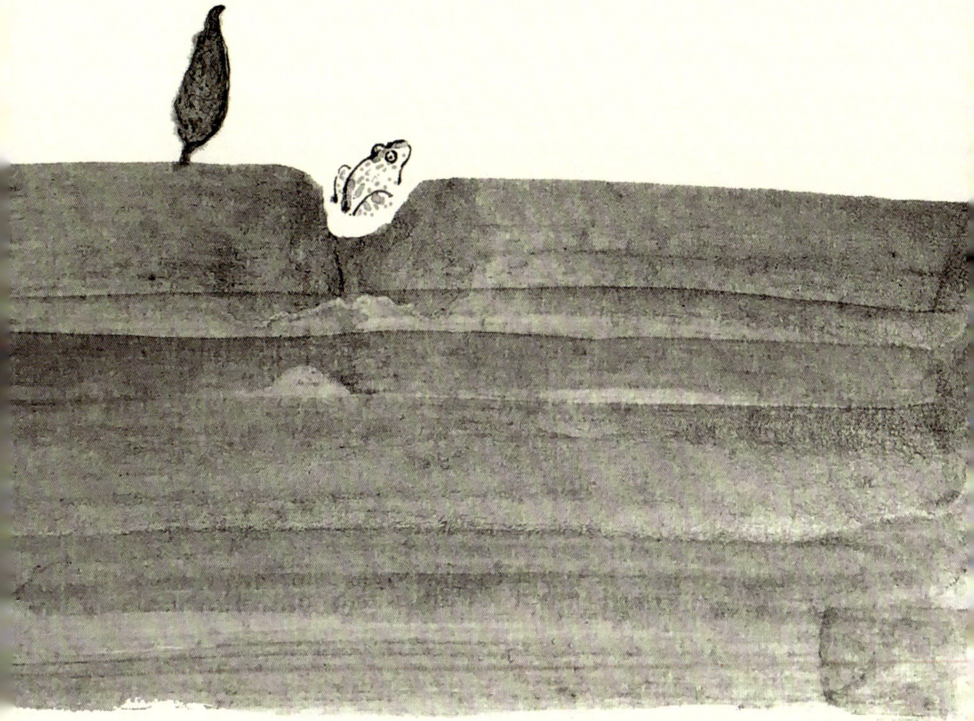

细细的

细细
挂上松树梢的
炊烟哪
是晨昏的
霞

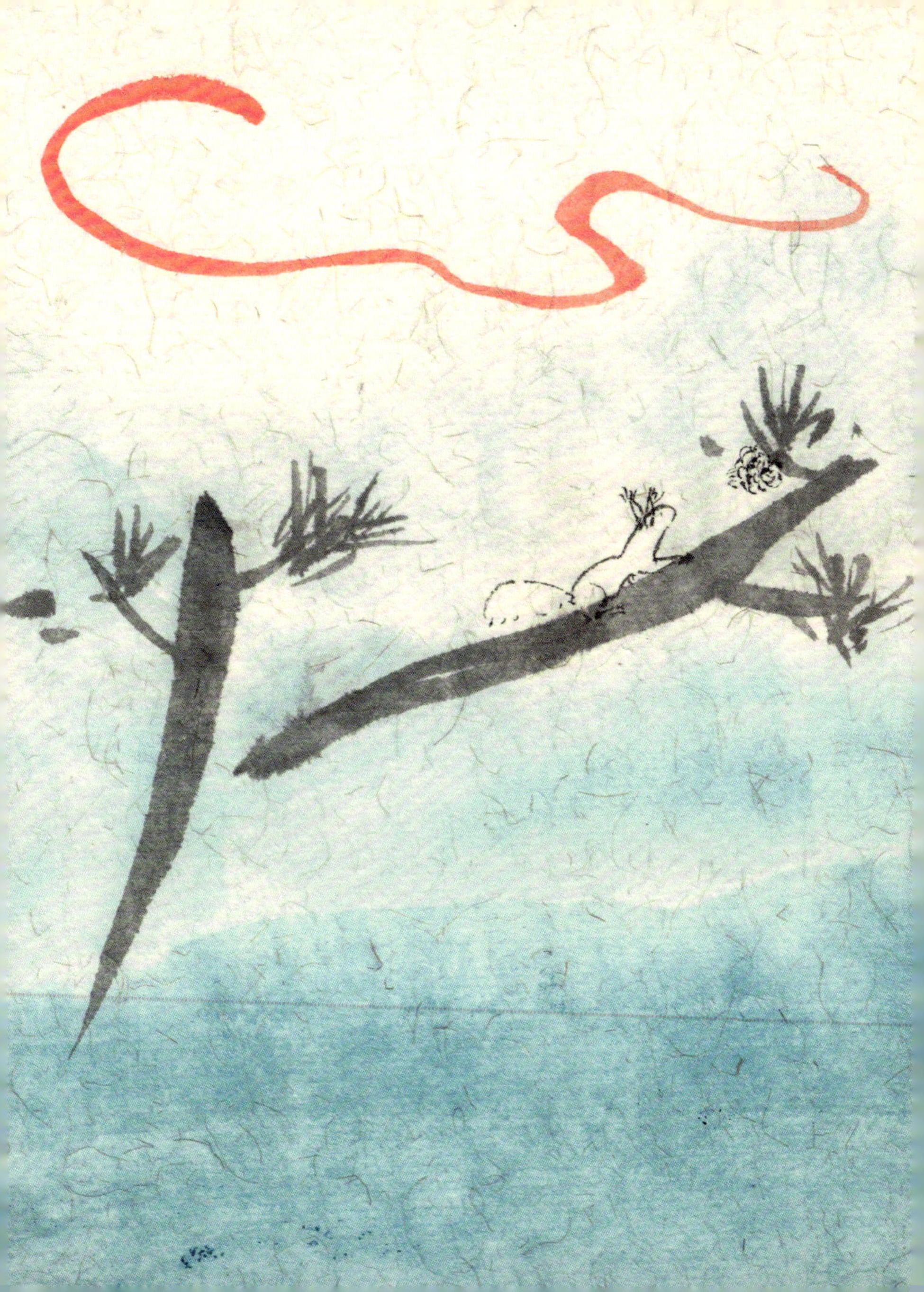

即使变成这样的老树

即使变成这样的老树
唯有春哪　不能忘
看呀
是红梅

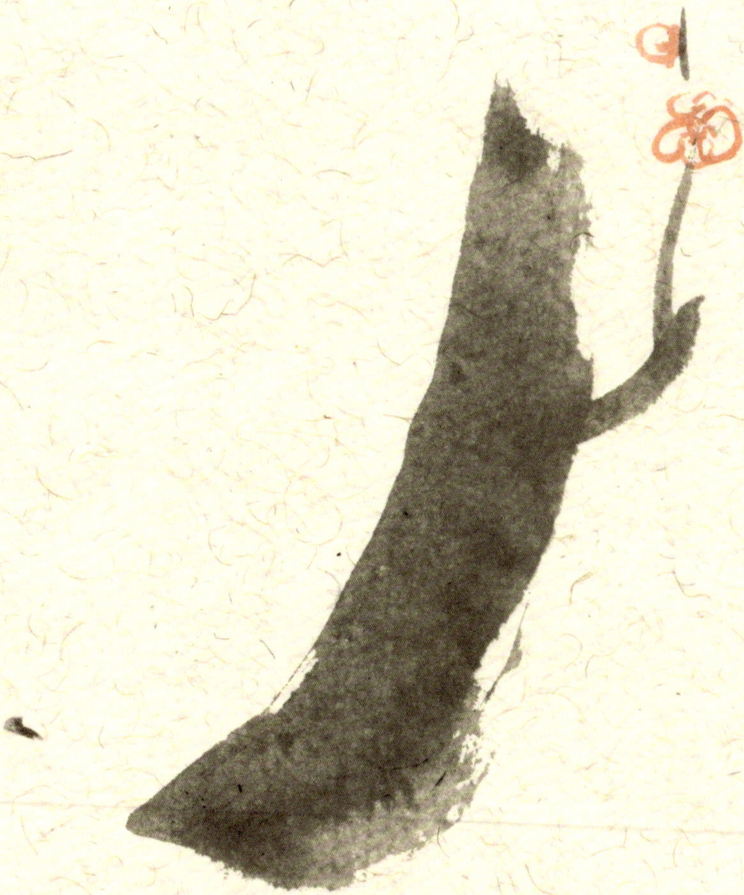

梅

微黑的

深夜

哪里啊

在哪里

有那一树梅

是怎样的

是如星子般洒落的

白梅

在哪里

开着吧

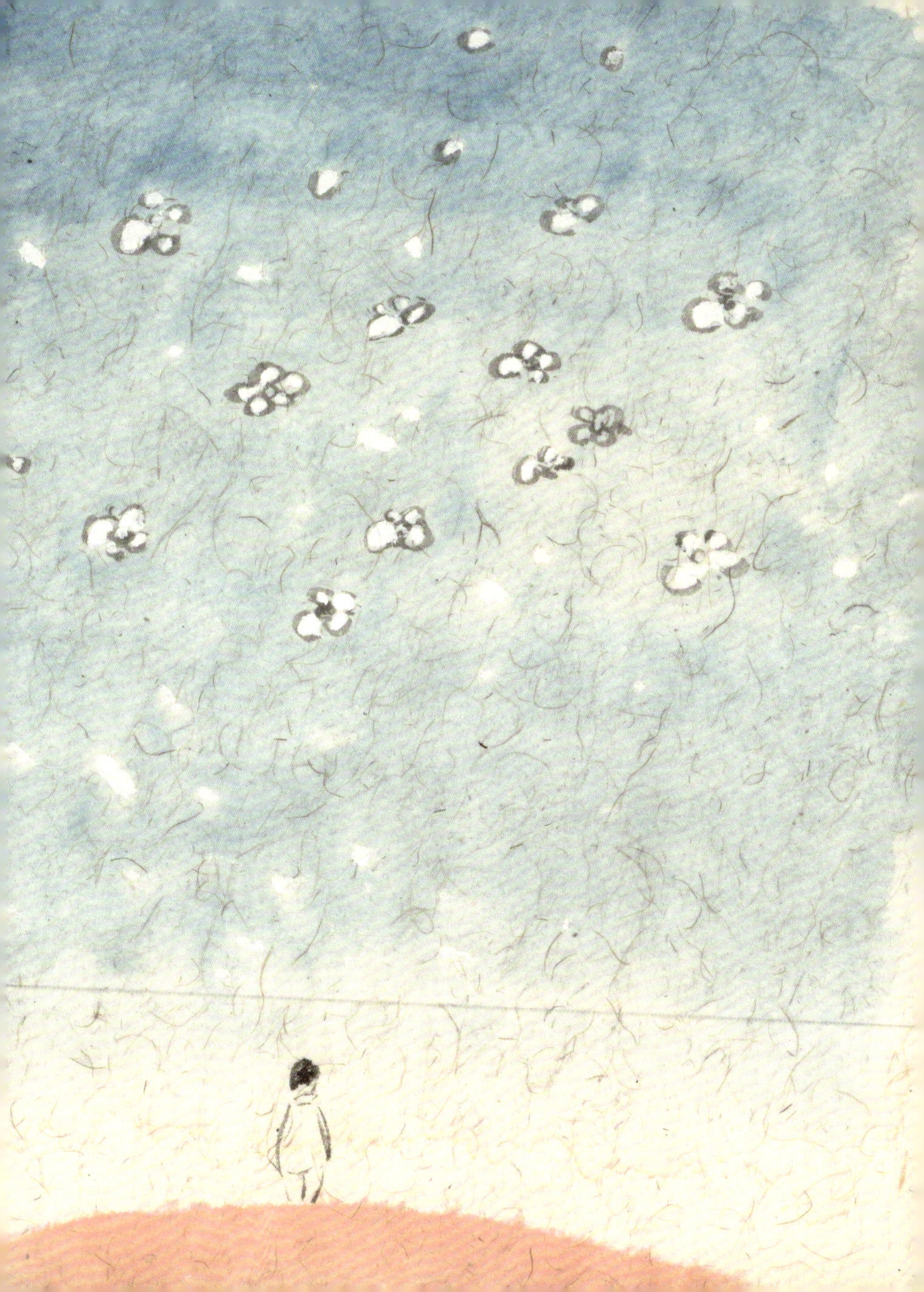

又

喂　静静地
静静地
别出声
是梅香

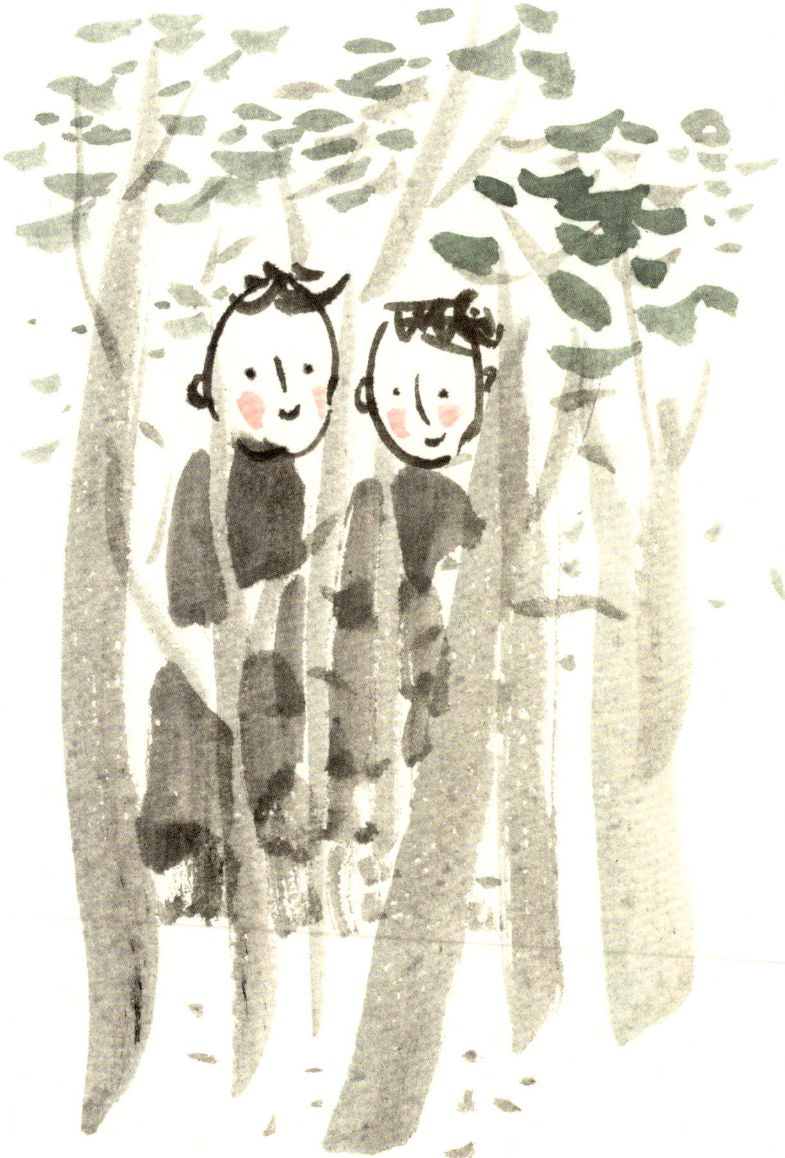

又

竹林的正午
静悄悄
这一小枝梅
带着去

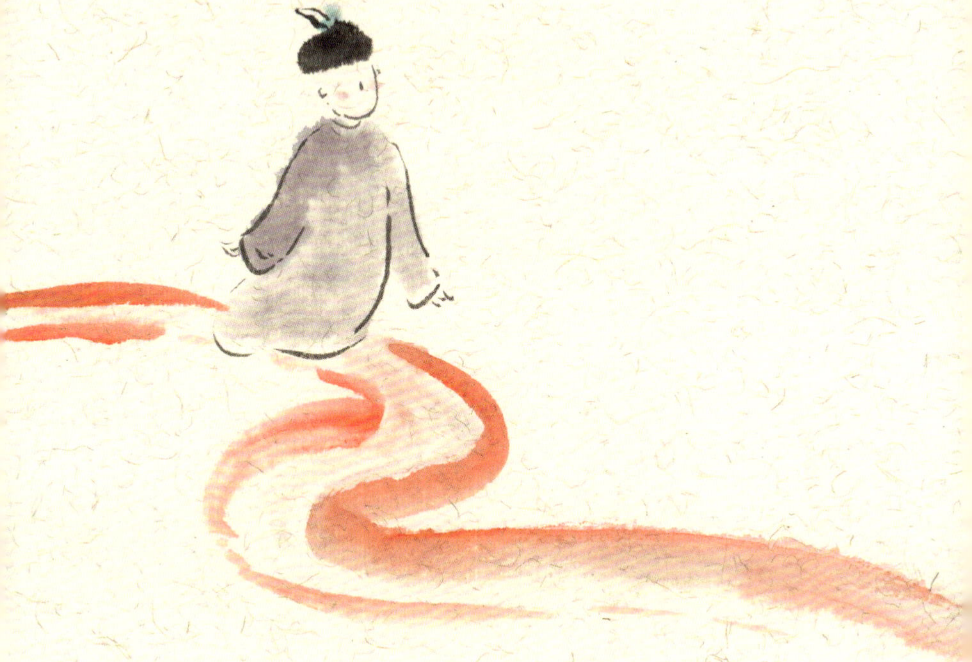

山径上

因为已是好季节
刺也已经
爬满路
今天　山道上
我被那刺
缠绕住
小腿狠狠被挂了

一天

哎呀　哎呀

这雾霭多么浓

那儿这儿

树木如人立着

头顶上面

传来橹的声音

嘎咿咿　嘎咿咿

侧耳欲听真切

一只云雀在鸣啭

是不是这样就很好呢

虽然是春天

啊　因这稍稍过分的幸福

觉着寂寞

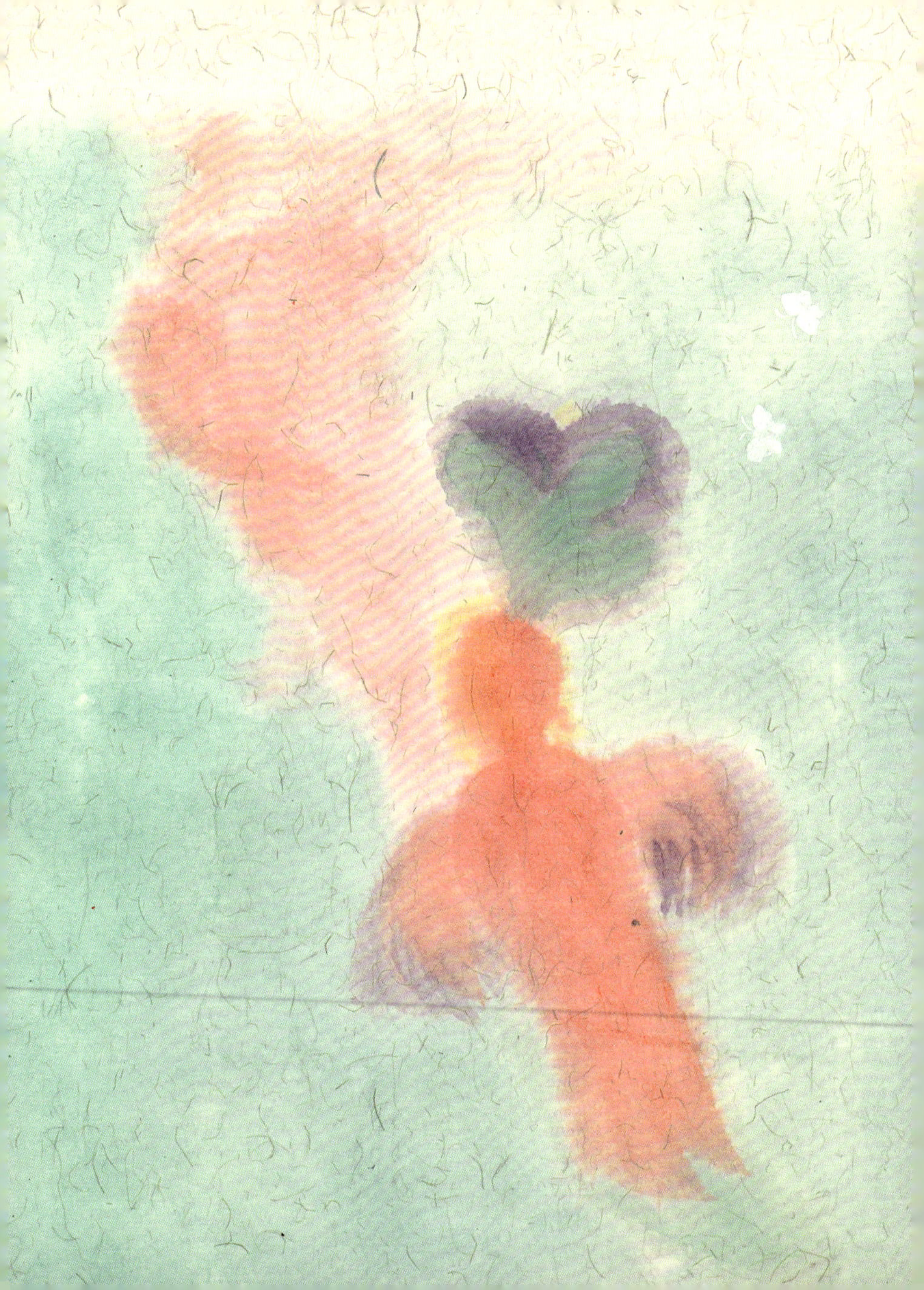

一天

一直到麦田的垄上
浓浓
浓浓地升起
爬起来一样
呀
这可怎么办

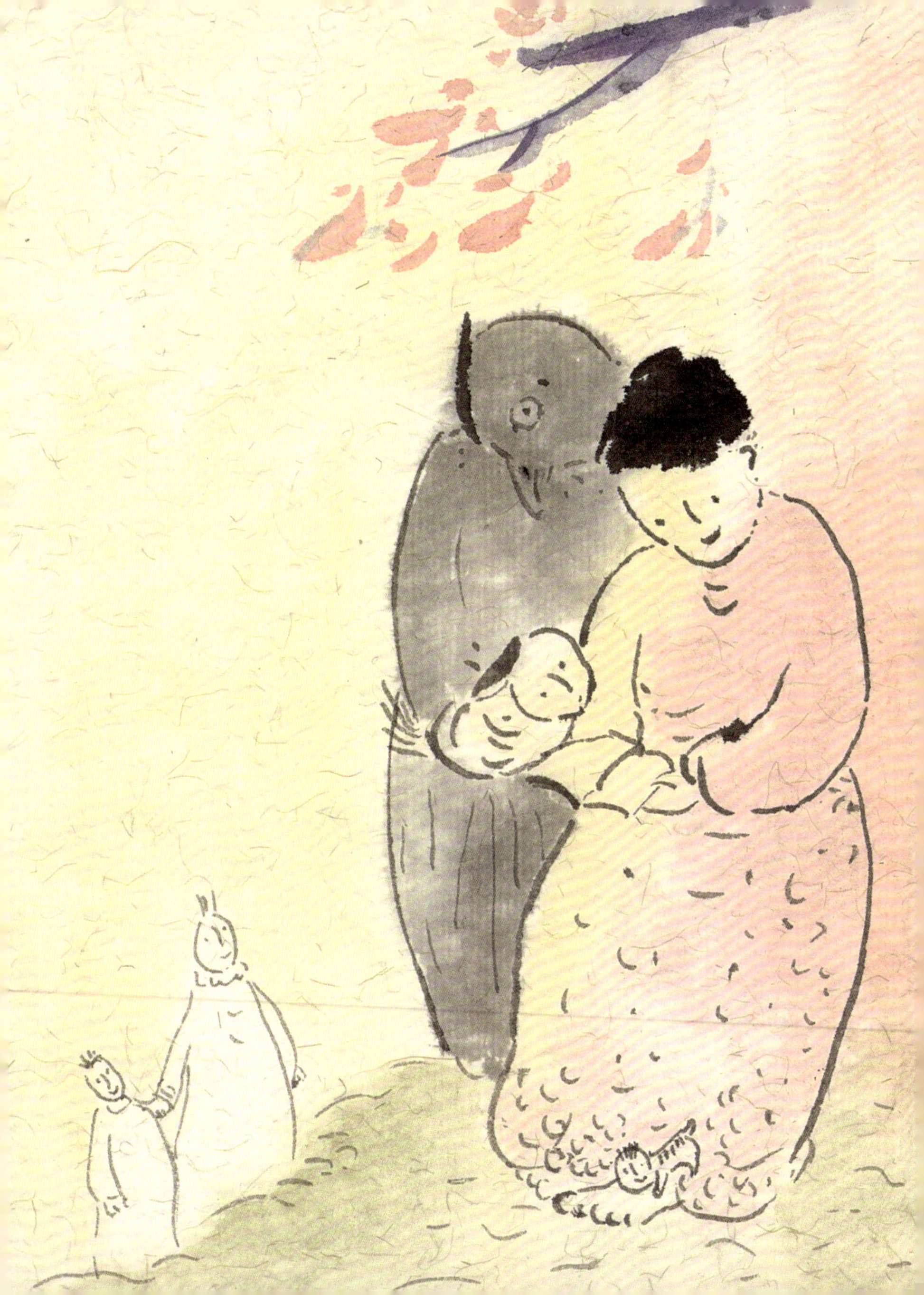

一天

微浊的烟

细细一根升起来

从远远远远的

山阴

对着高高的青天

瞄准

是否　烟也有心

今天哪

多静谧的一天

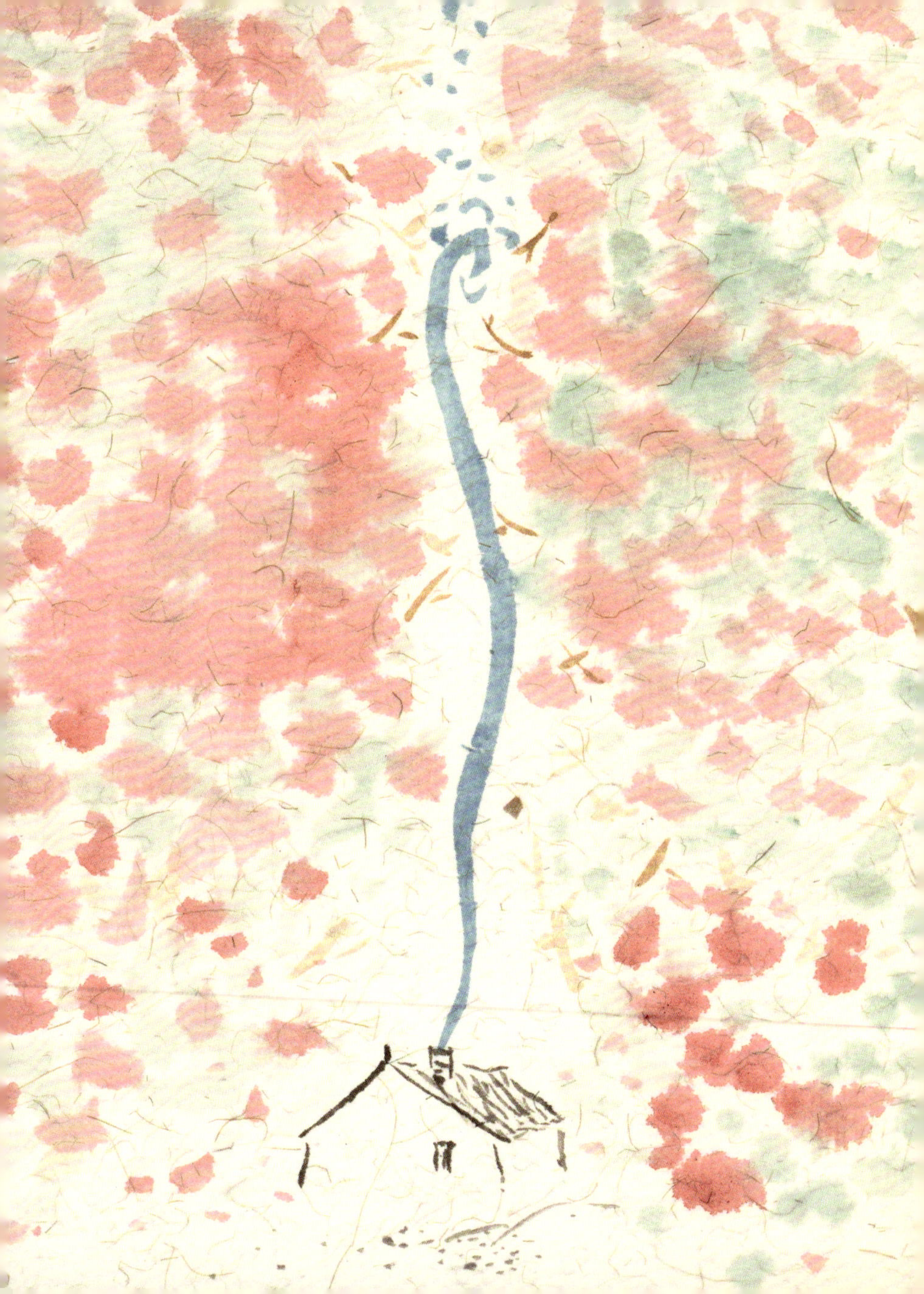

樱花

樱花
春天
你们都稍稍等一等
什么地方
还有人在哭呢

又

只要没傻

真的　对春天没有办法的

笛子啊　太鼓啊

也不管樱花开得好

是谁呀

在看什么月亮

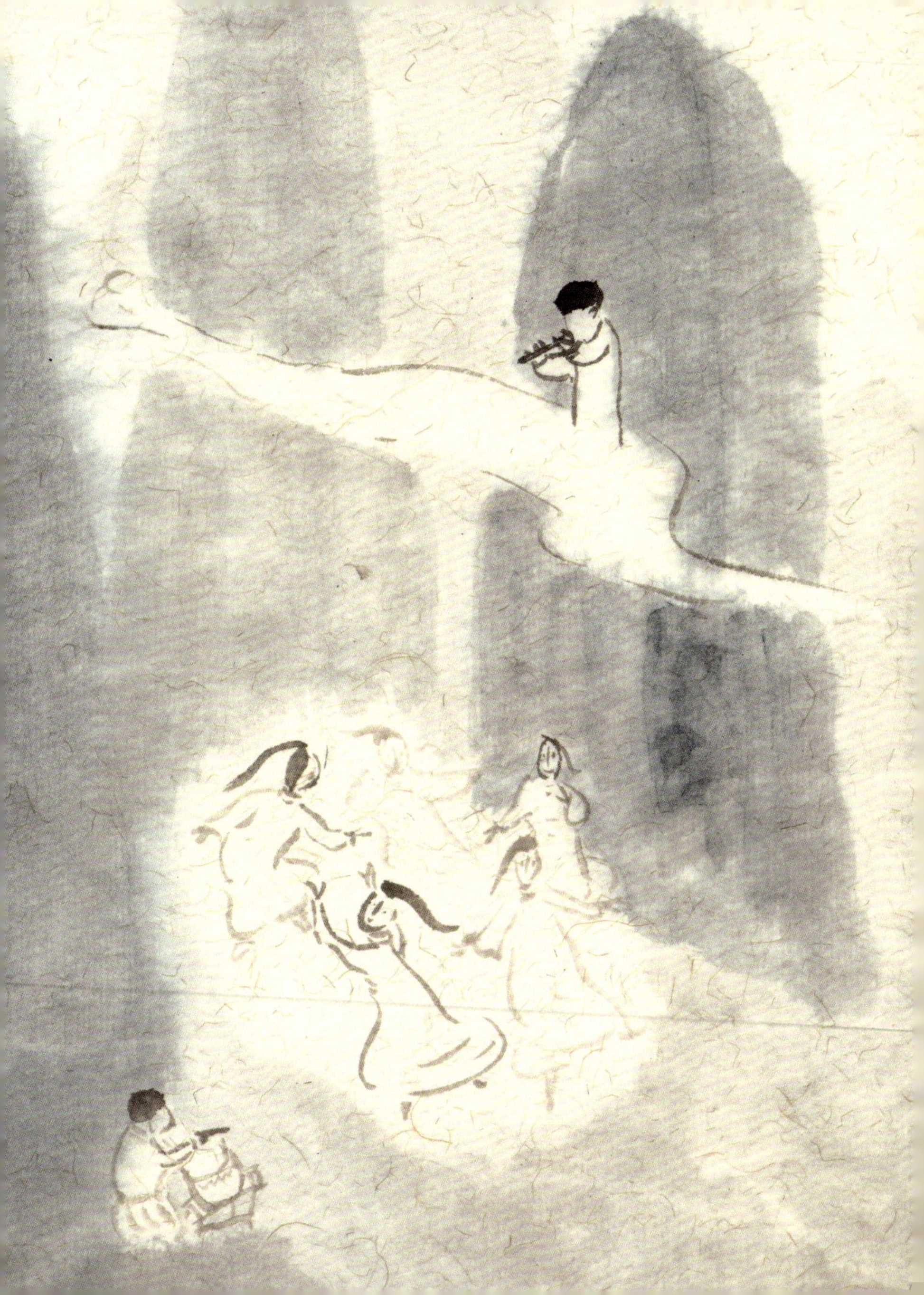

老爷子

满开的桃花枝

用惺忪的睡眼看着

很开心地拿着走过去

那老爷子

每微笑一次

花也跟着欢喜一次吗

纷纷扬扬地

花瓣落下来

那老爷子

像在哪里见过的

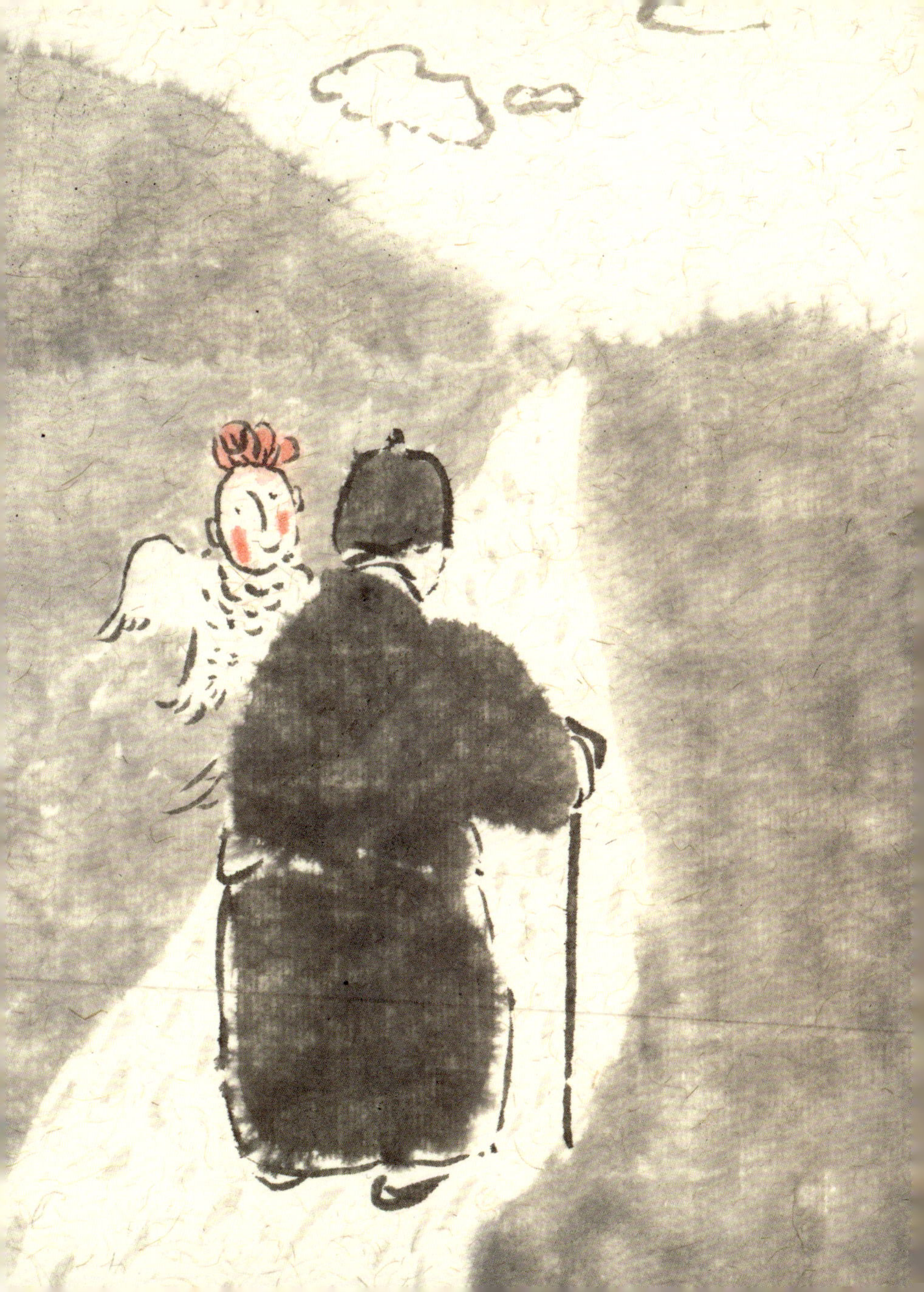

一天

暴风雨
暴风雨
花啊　皆成蝶
都飞去

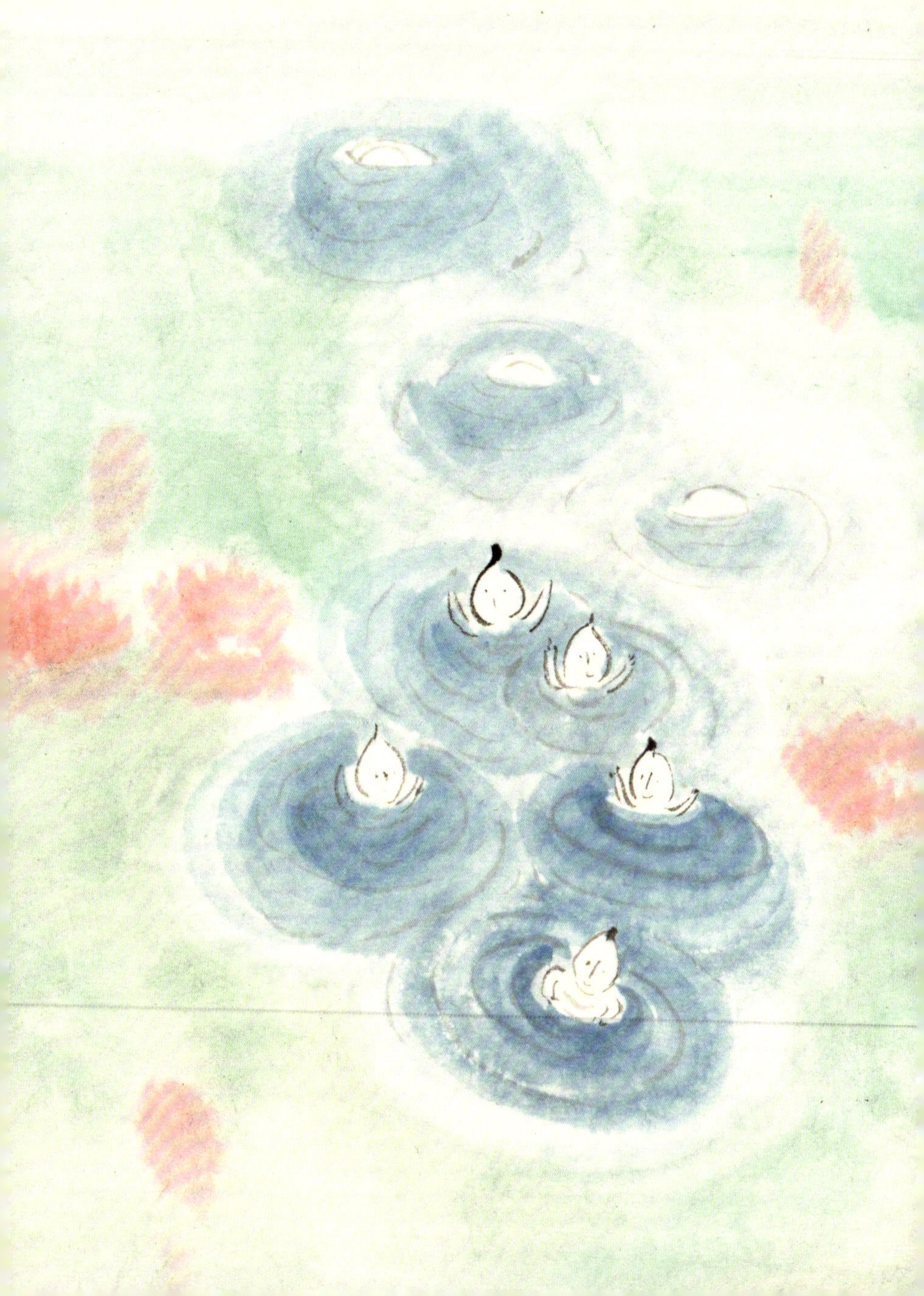

一天

我听到

晨雾中

林间高枝上的乌鸦

因找不见对方

而用呼声相应

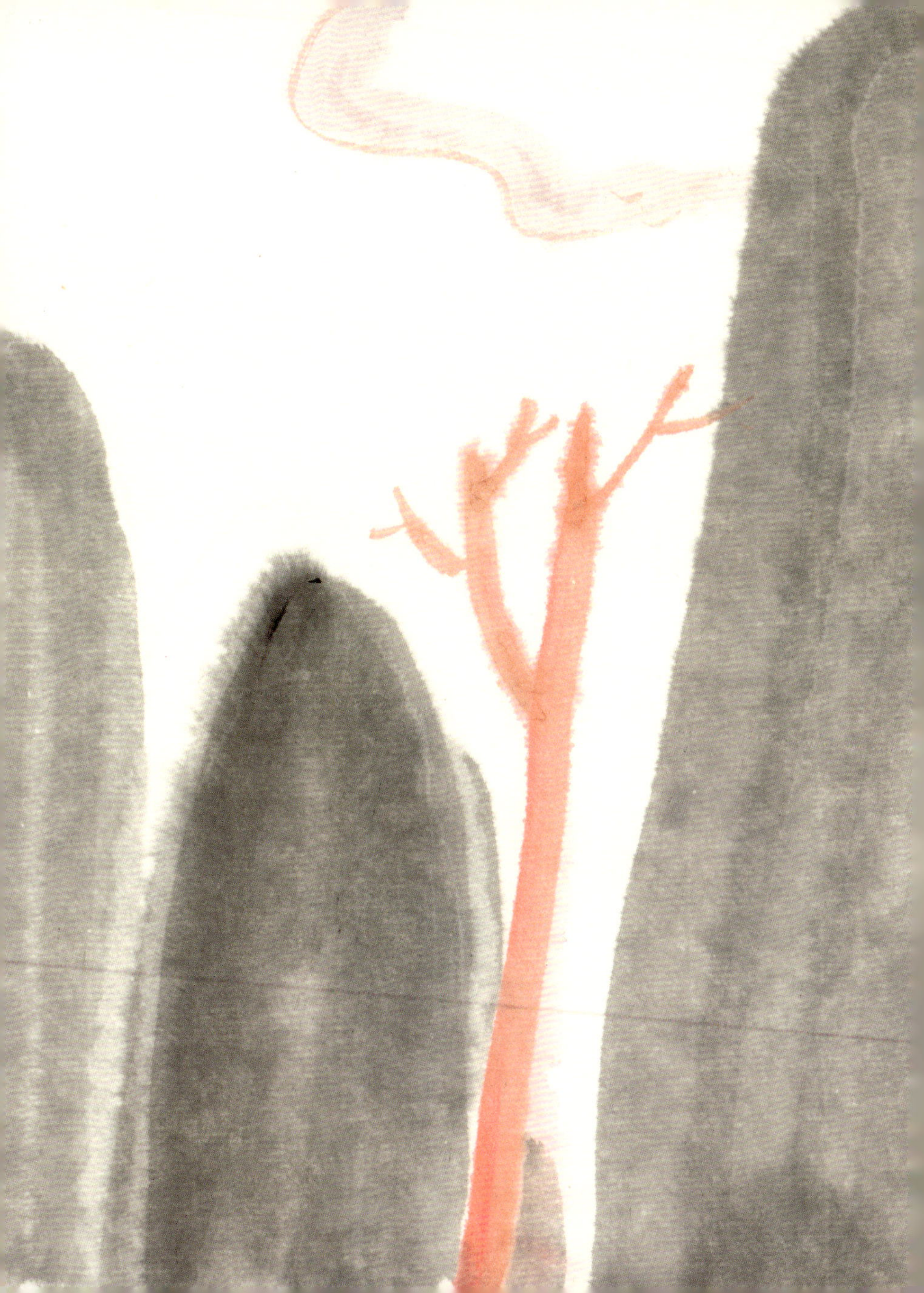

一天

晨雾中
路遇
濡湿了的推车的菜贩
宽宽背上
刚醒来的
婴儿
今天　不知为何
觉得会有好事情

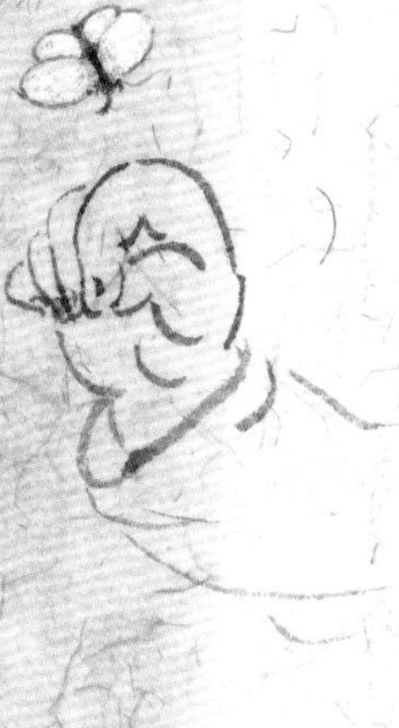

一天

松树林上方
很深的蓝天里
那一处
如大朵牡丹盛开的地方
听得见孩子们的声音
那里面
也有我家的孩子吧

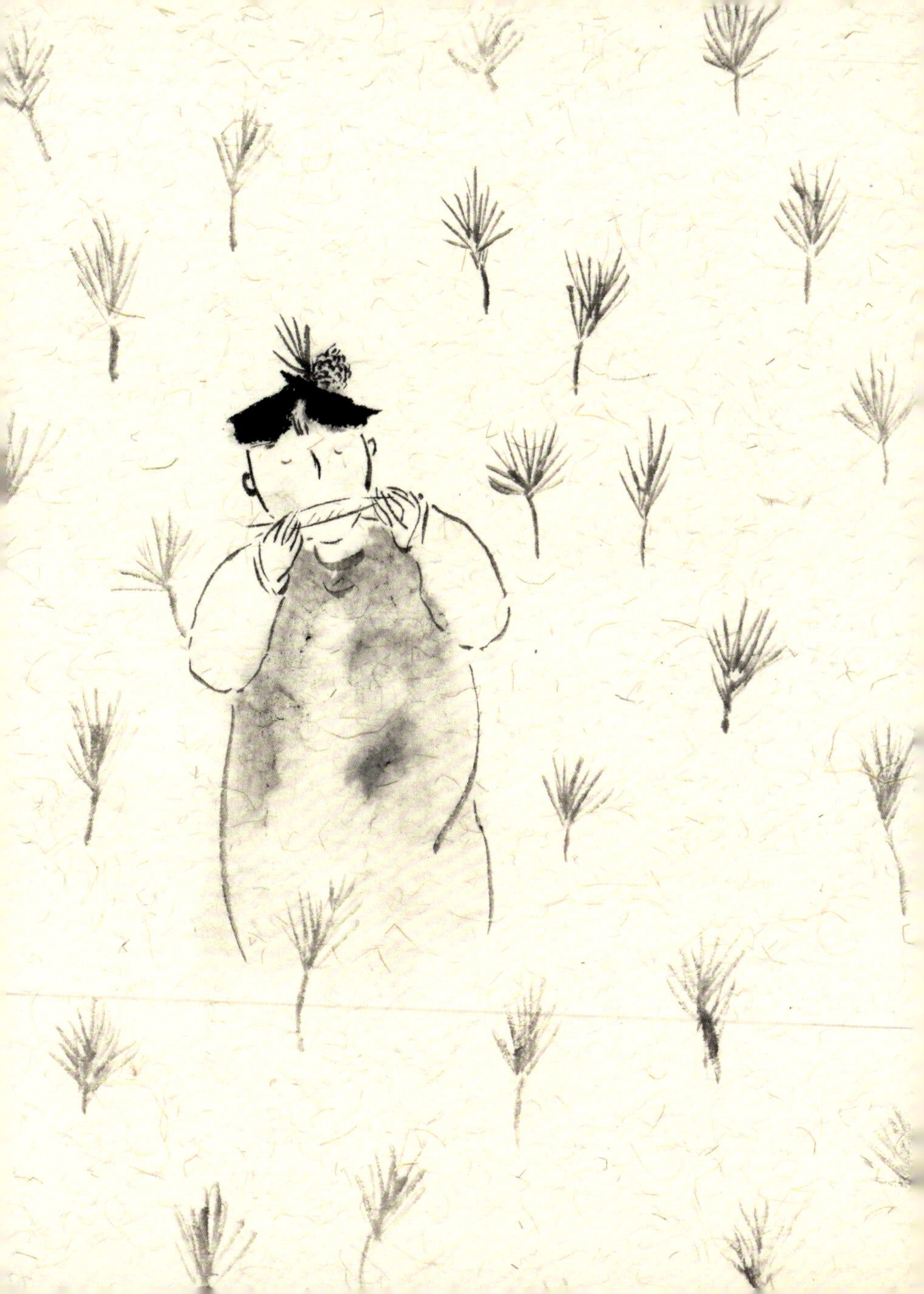

早晨

多么明丽的早晨
姑娘们在路旁扎成堆
站着闲聊
开心地笑
只那一处啊
明晃晃
人来呀人往
闪着炫目的光

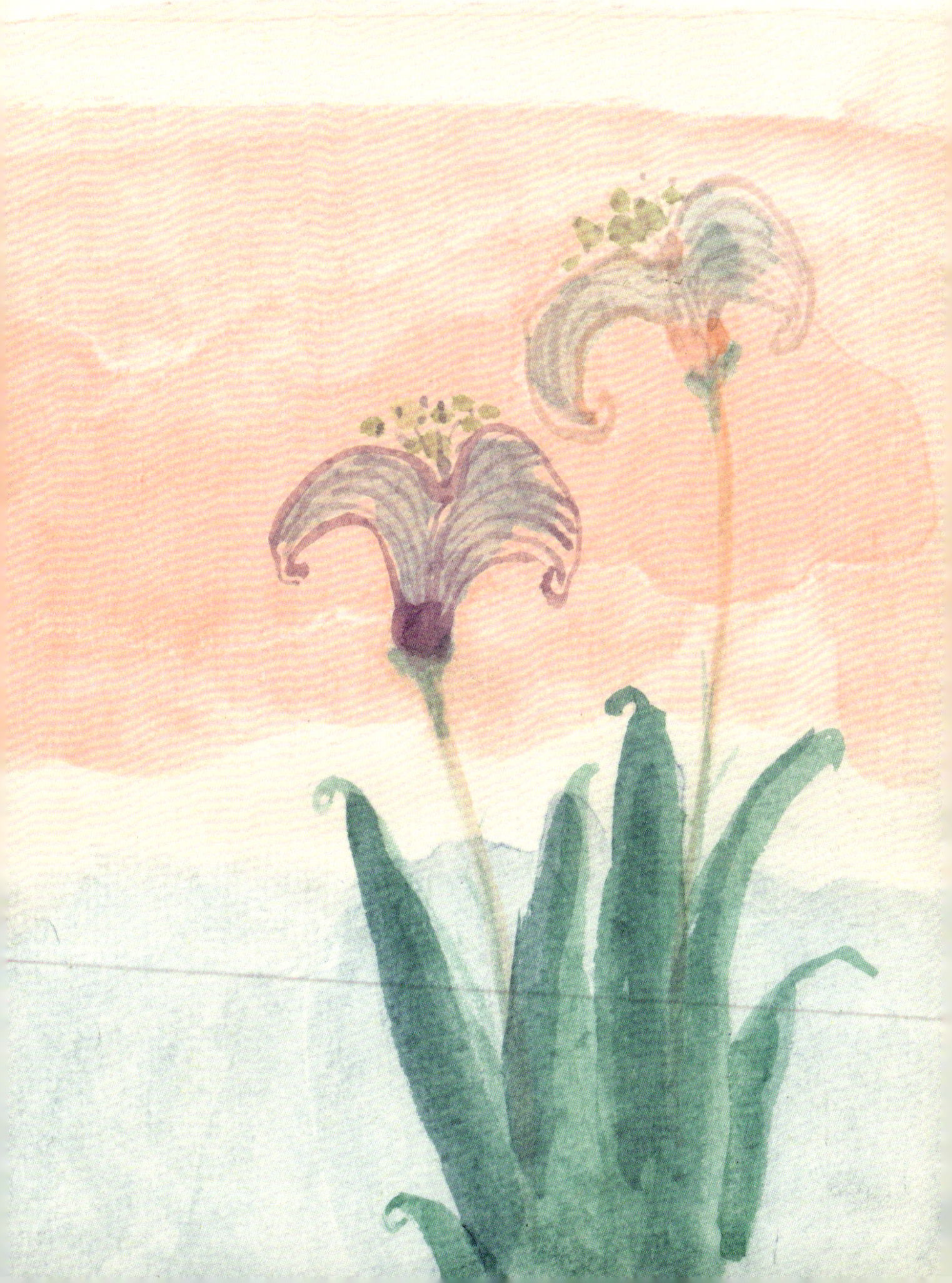

紫藤花

长长地
紫藤花
从深的天上垂下来
因为太饿
笑也不能
从下往上看去呀
花在轻摇
真的
真想要吃这花
因了不可食
若有所失

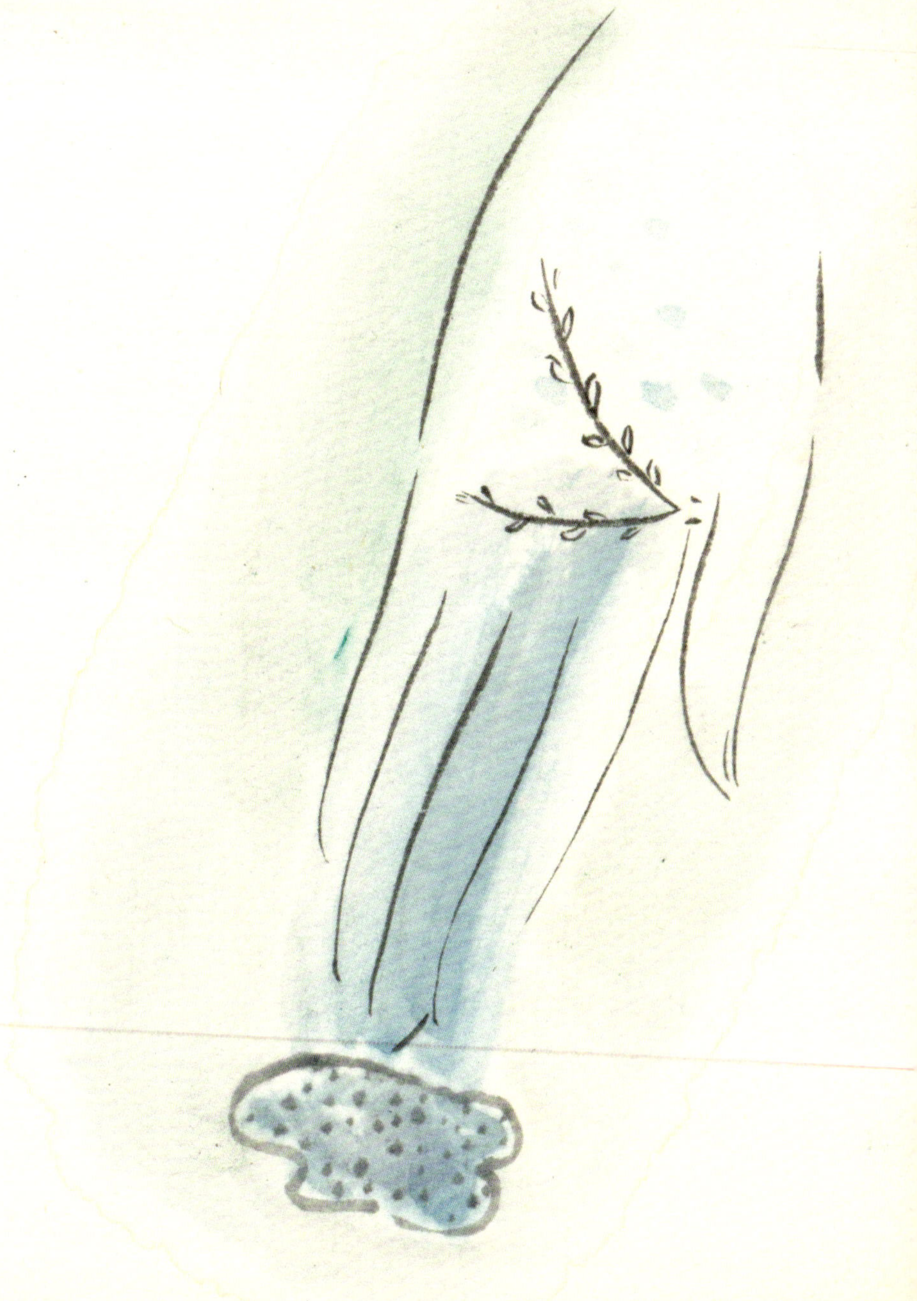

一天

啪啦啪啦
雨落三粒

今夕啊是何夕

一天

玉兰花
啪嗒落下
啊
是多么
明亮的大声
沙扬娜拉
沙扬娜拉

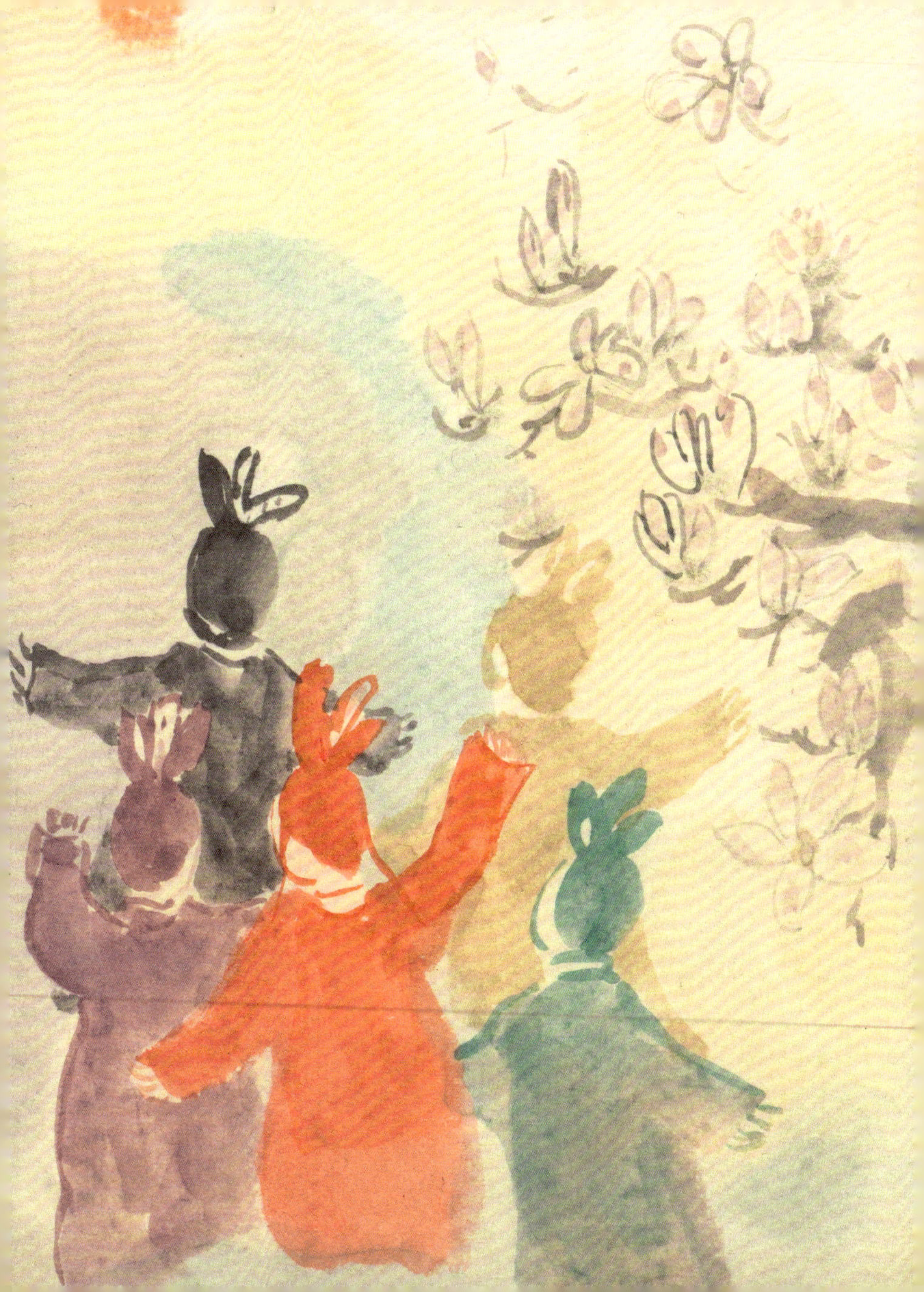

一天

微微闪着光
多么爽朗的海
即使这样也不沉迷
喊呖呖
喊呖呖呖
鸟群和鸟群
整日
在捉迷藏

野粪先生

黑布长伞一柄
扎在地面
站着

四下没有人
哪里的
云雀在叫

真的无人吗
扭转头一看
有的　有的
真是找了个好地方
在堤坝跟前
那新绿的
茂盛的灌木阴

一下撩出屁股
蹲着
朝着这边看

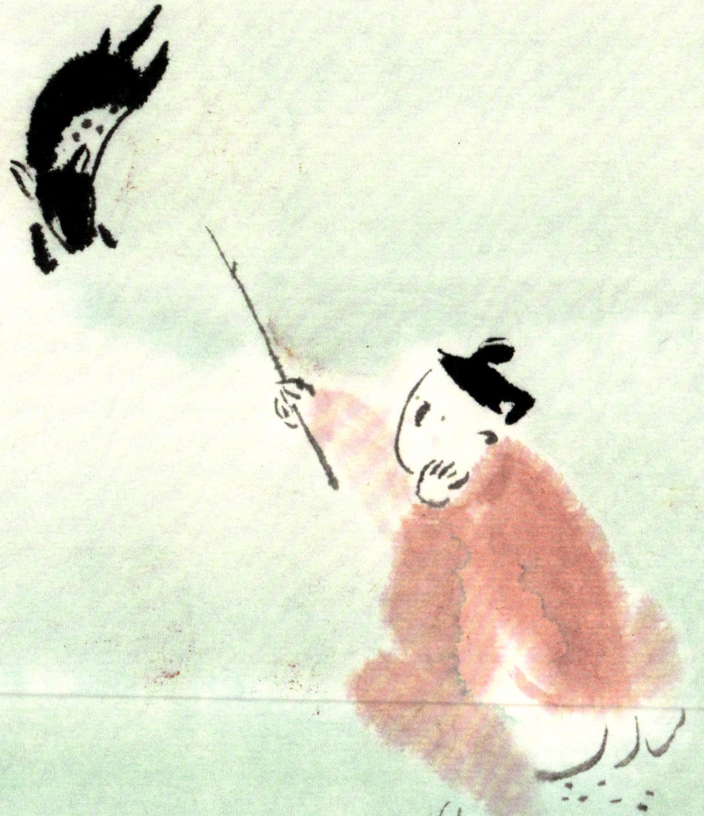

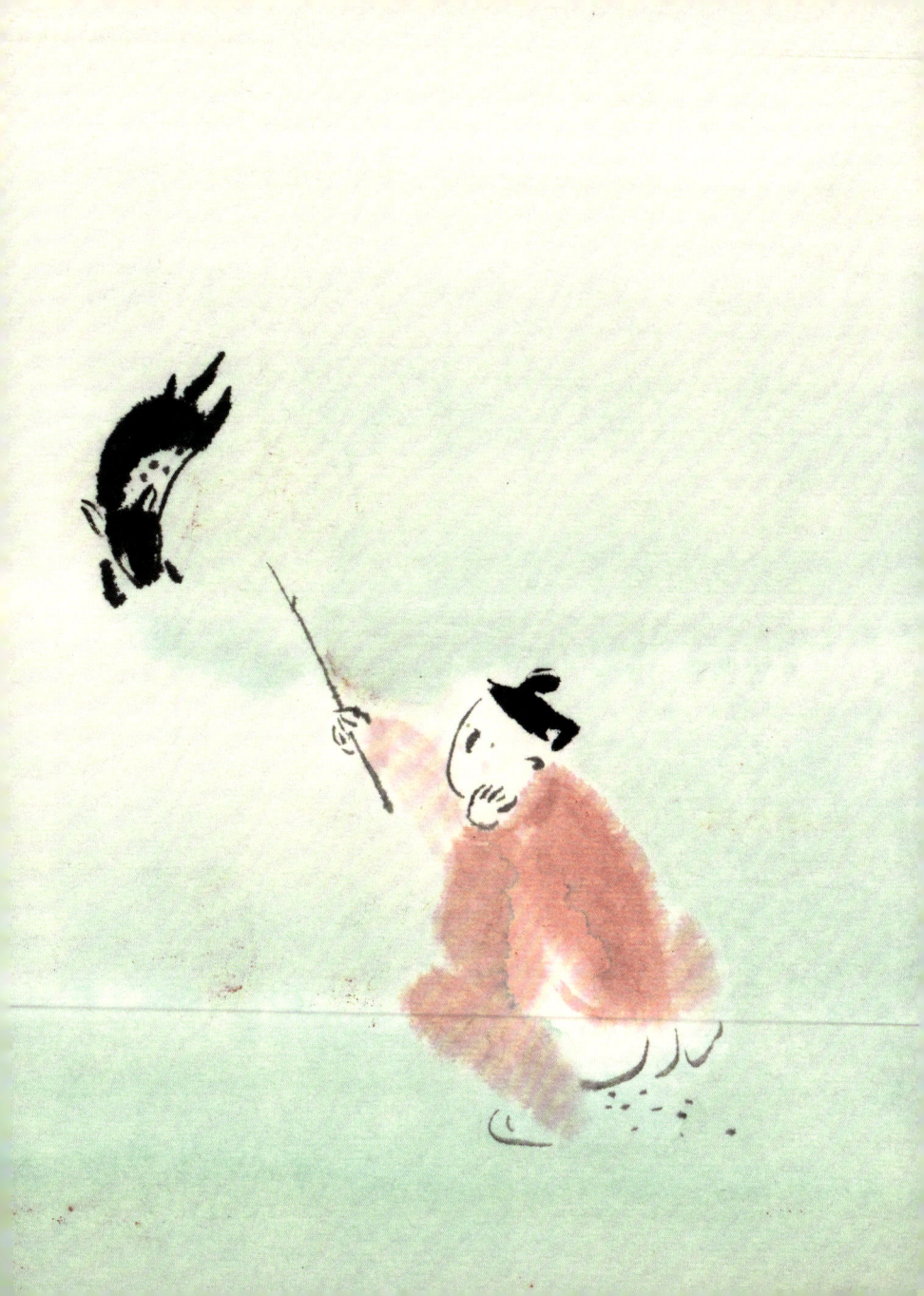

手

将紧紧
握着的手
打开看

打开看
却什么
也没有

紧紧
握住的
是寂寞

再
打开的
也是寂寞

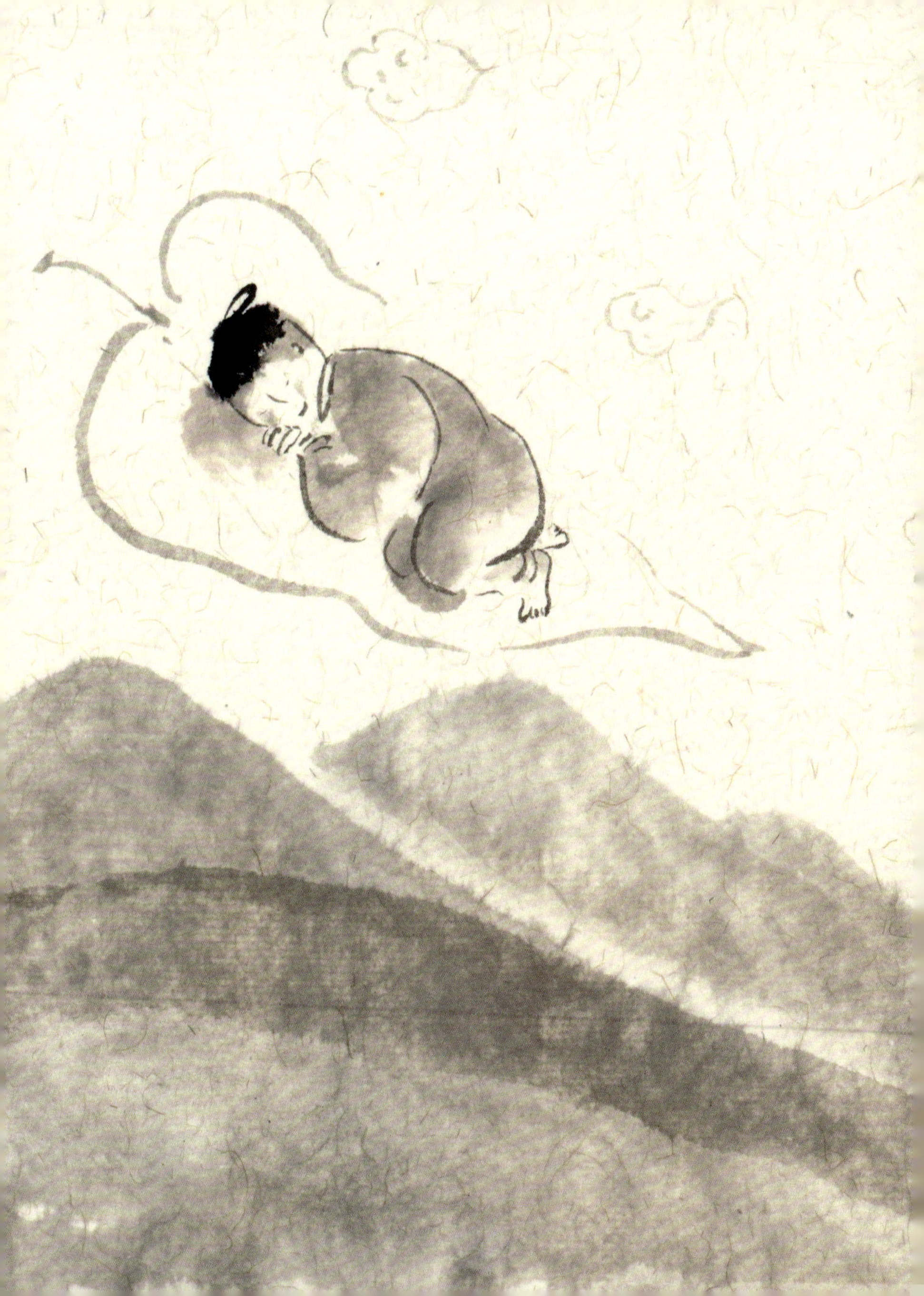

嚯嚯鸟

果然是真的
真的嚯嚯鸟[1]
嚯　嚯
嚯　嚯
不是孩子们的学舌
是山深处的
山的声音

*

嚯　嚯
嚯　嚯
山深处的小路上
我在叫
嚯嚯鸟也在叫

1 嚯嚯鸟，诗人自创的鸟名，疑为杜鹃科鸟。

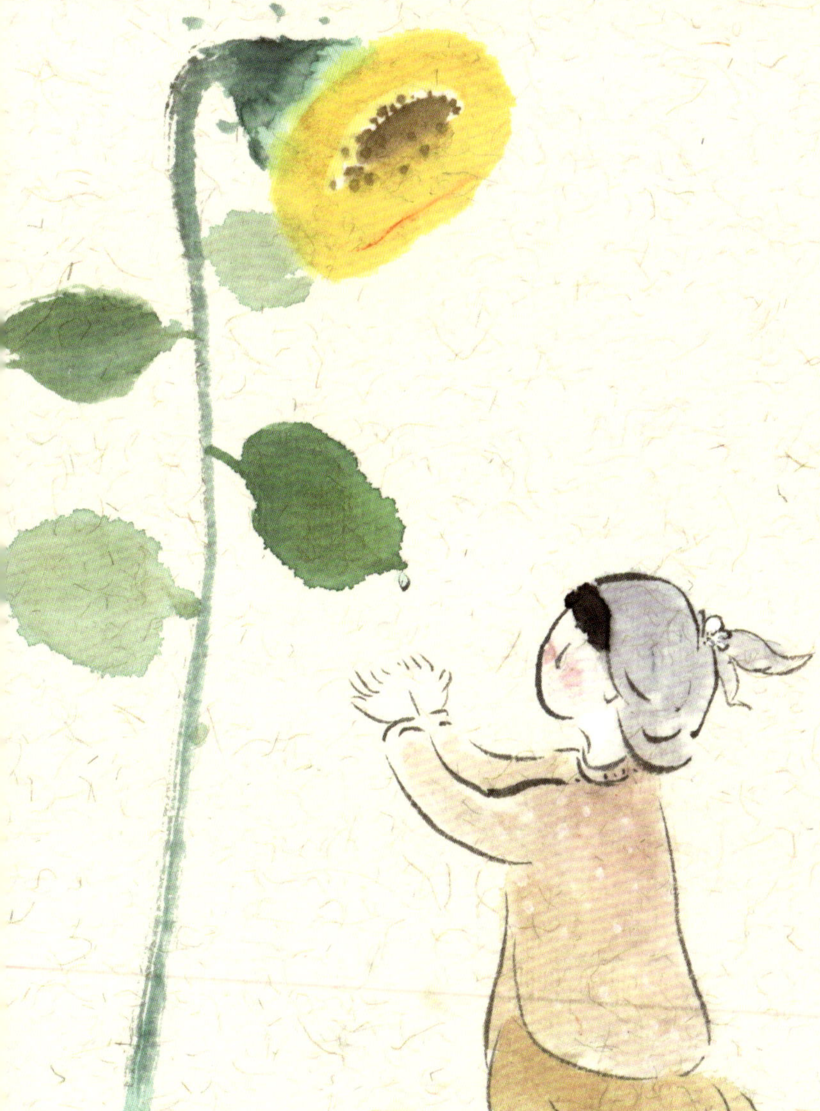

*

我自己也在那儿

出其不意地叫啊

嚯　嚯

嚯　嚯

*

嚯　嚯

嚯　嚯

比起真的嚯嚯鸟

我总算

叫得也不错

因我叫得太好

真的嚯嚯鸟

突然

闭了嘴

松塔

山的礼物

松球

啪嗒

骨碌骨碌

滚起来

是中午了

放在铁壶的下面点火吧

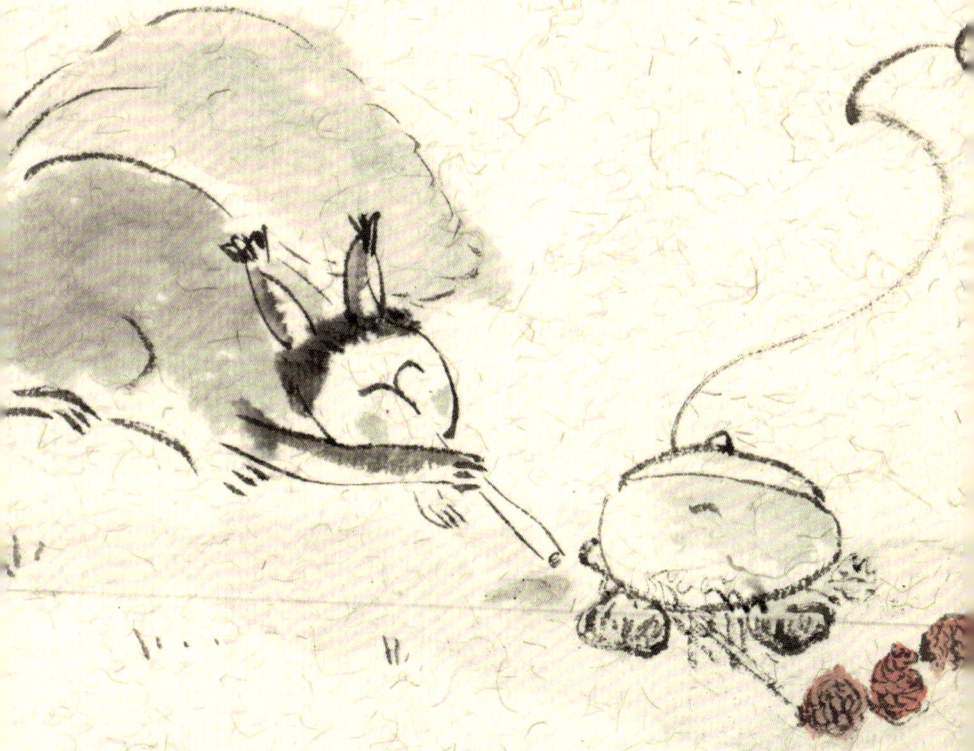

读经

草地上

我给野狗

读法华经

蜻蜓一动不动听着

而狗

是觉得无趣　还是已领会

尾巴也不摇一摇

忽地

不知去了哪里

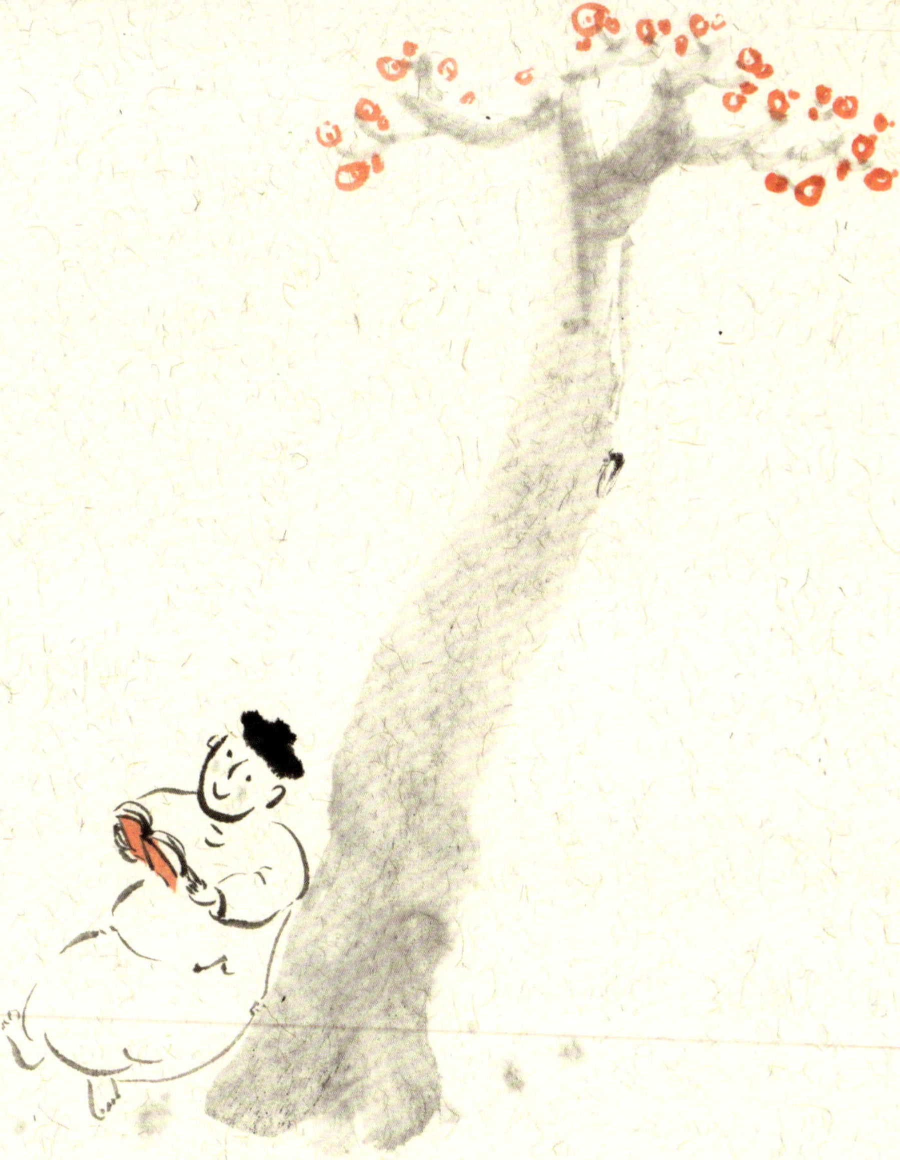

蚊柱

蚊柱[1]
蚊柱
你们也在这儿
在这日落后的微黑里
读经吗
大家一齐
啊　多庄严

---

1 蚊柱，呈柱状的蚊子群，常见于夏日傍晚。

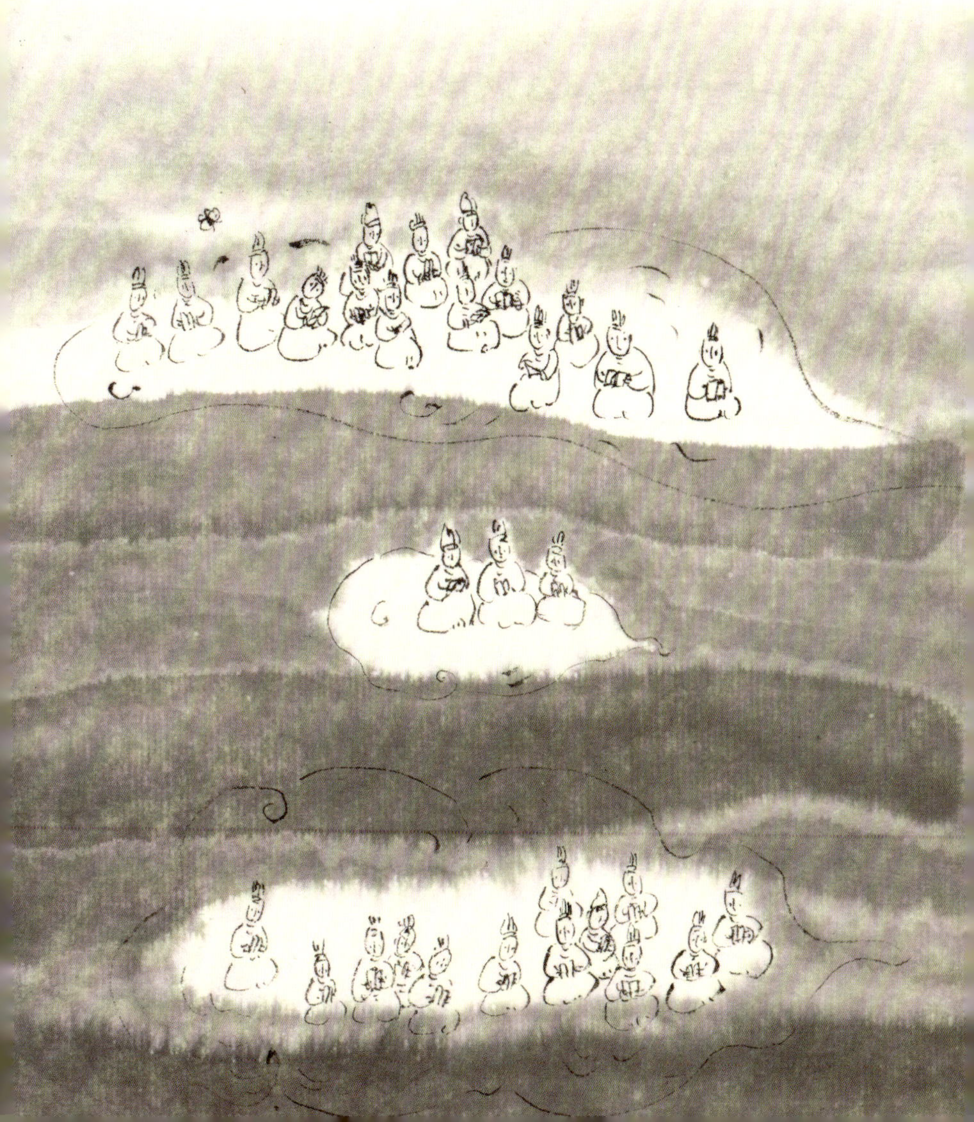

一天

又到了夜蝉[1]叫的时候
咔呐　咔呐
咔呐　咔呐
在哪里
有一个　好国度

1 夜蝉，此处指日本夜蝉，其通体红褐色，有绿色和黑色斑纹，常在拂晓和傍晚鸣叫。

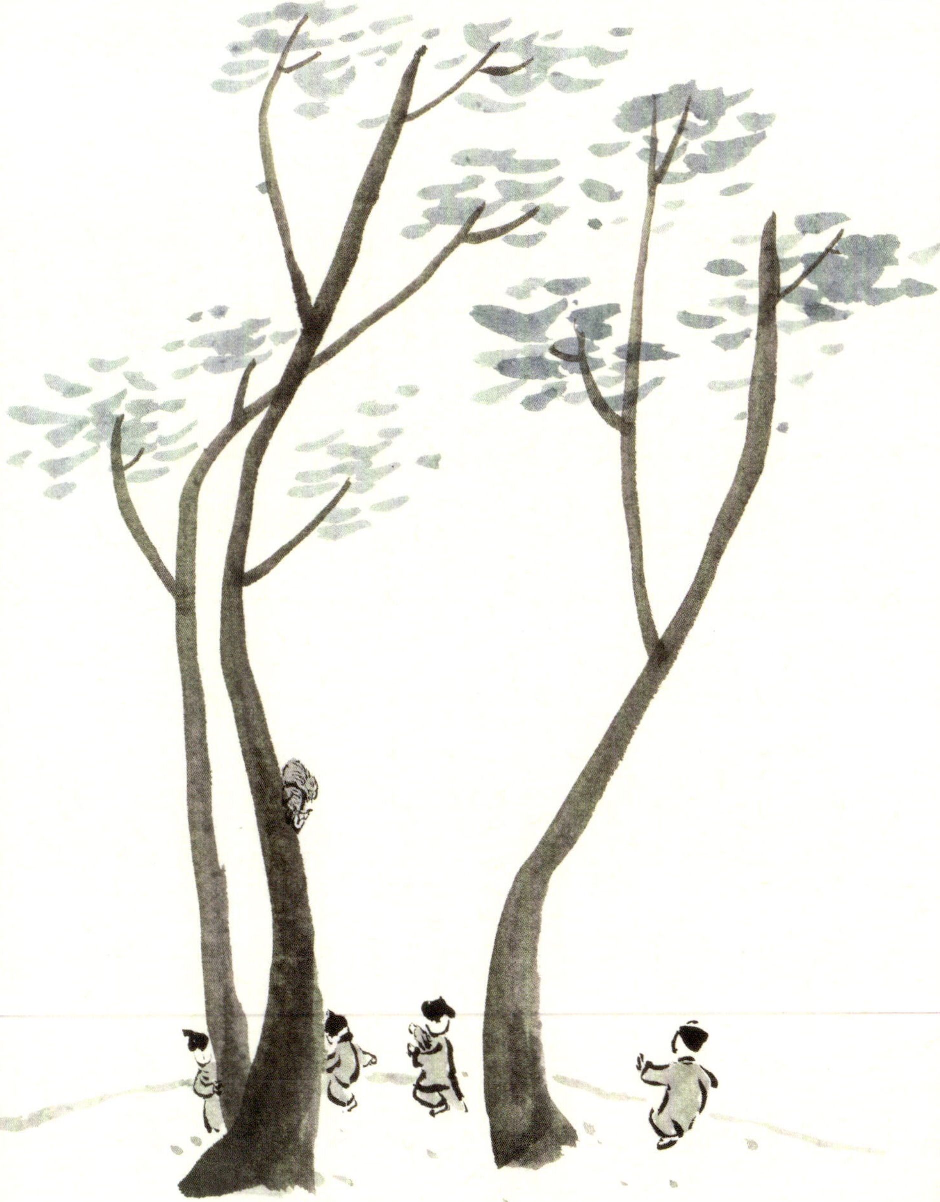

一天

松针洒落
在哪儿呢
有一条
风的河

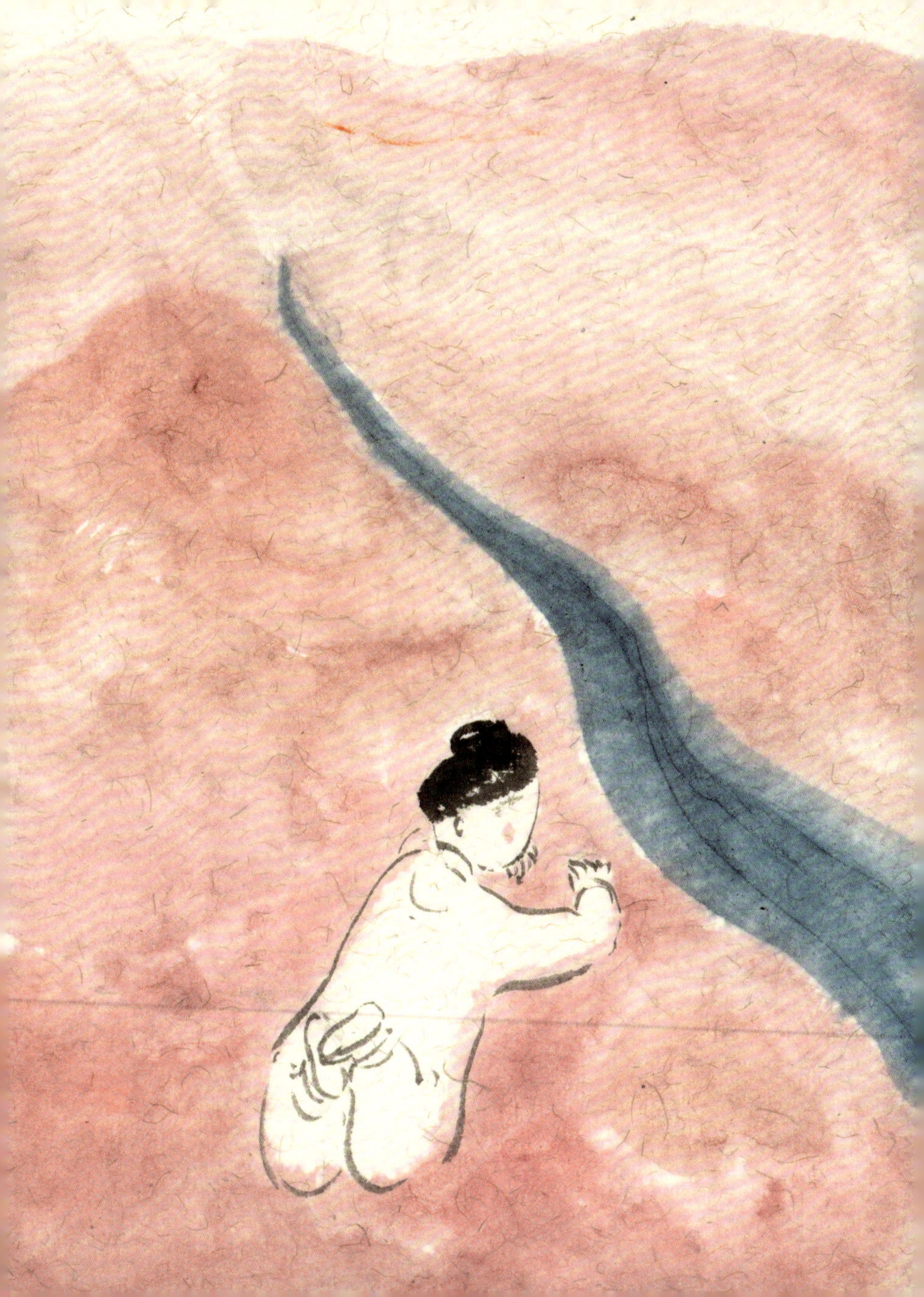

一天

蛛网上
落下的松针
很开心似的挂着
啊　我的讶异
在晌午

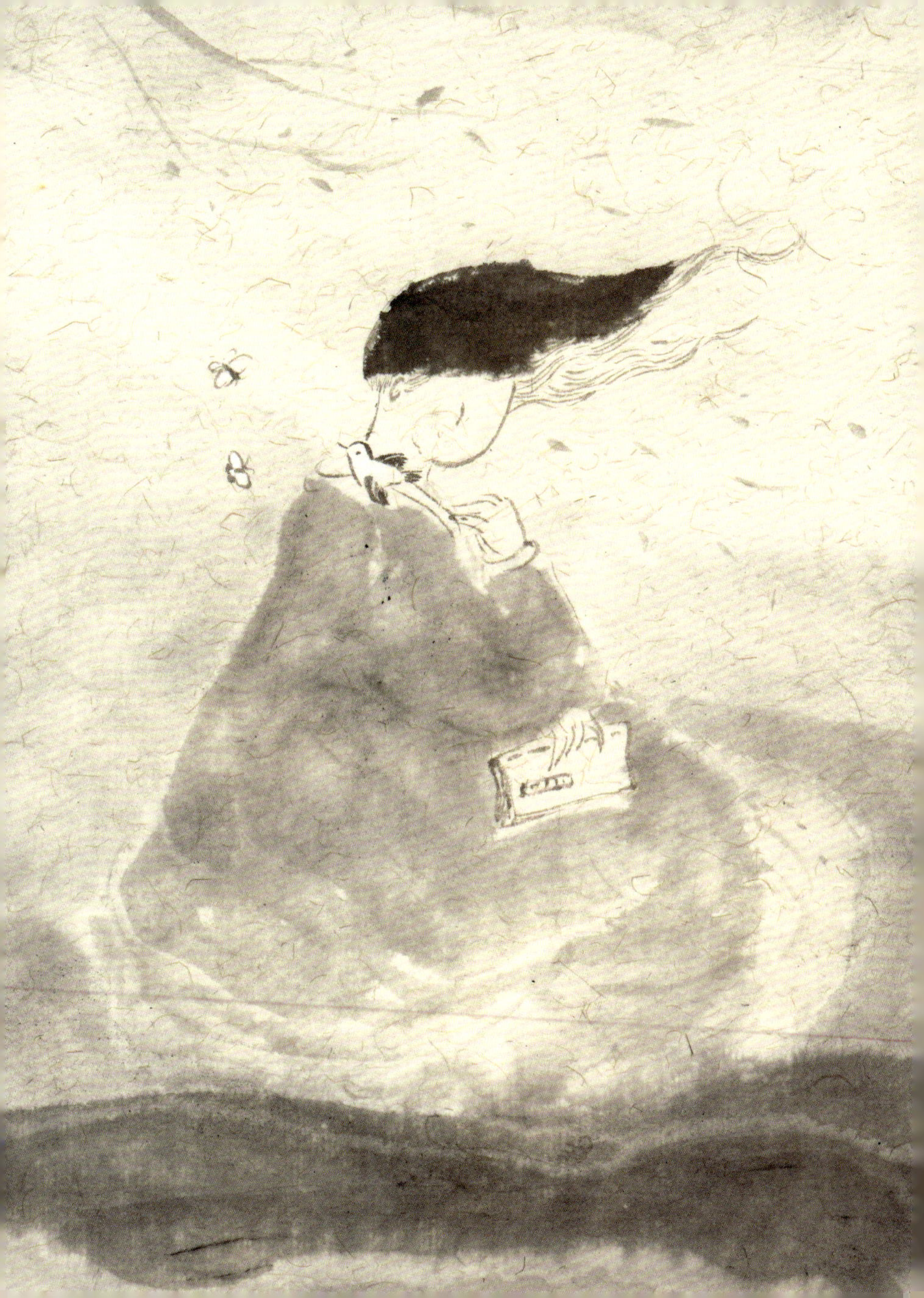

一天

玉米的花
无聊似的开着
啊哈哈哈哈
是谁呢
时而笑出声的是
大晌午的
沙石地

一天

所谓宗教

本是没有的

是摇晃着

指向天空的

一茎紫菀

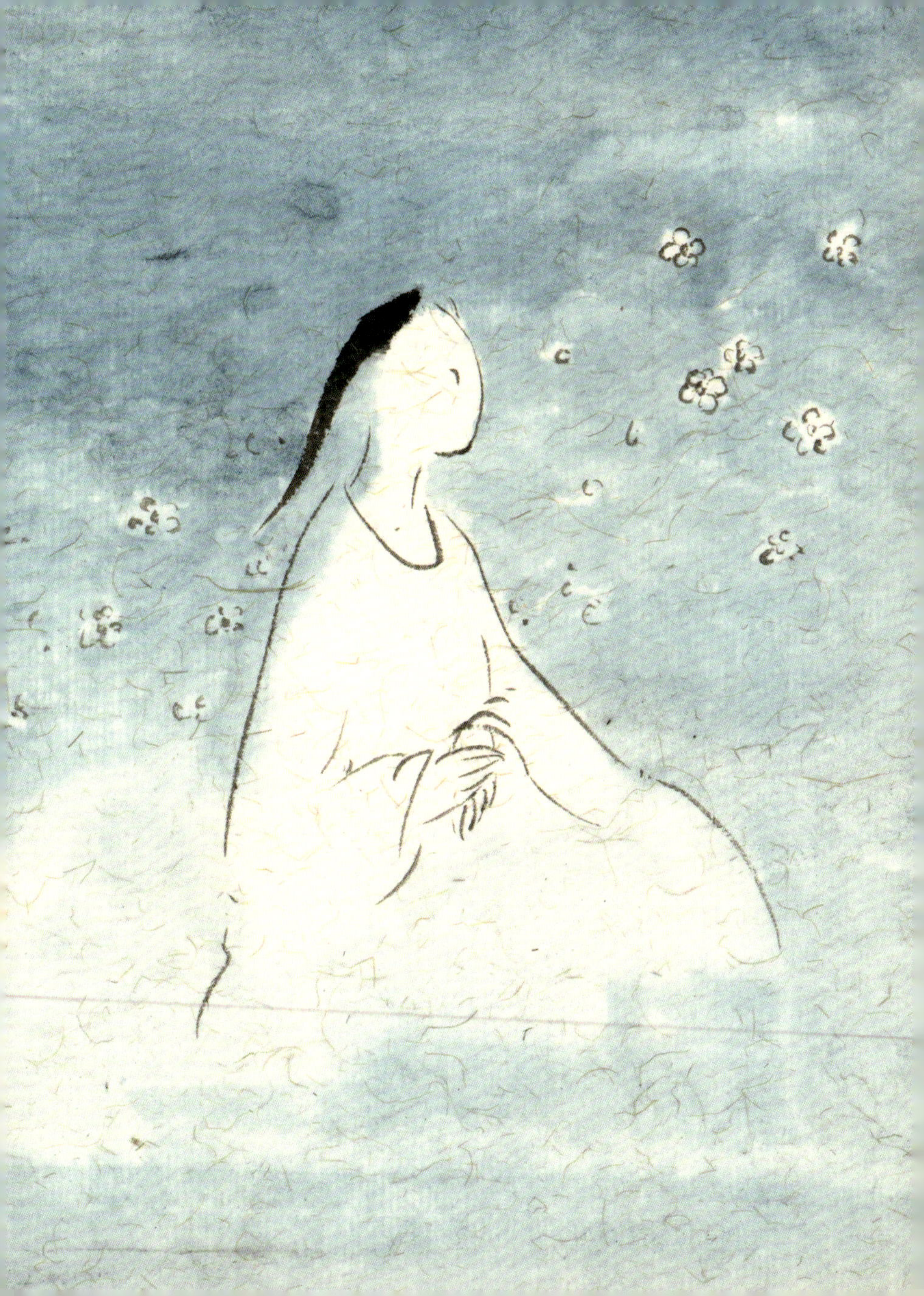

一天

出神地

在野外

边拉屎

边呆望

蓝天多么深

无所思地

蹲在粟田深处

看白日尚未尽

初五的月已出

噼噼噼　噼噼

噼噼噼噼

噼噼噼噼

在哪里　有鹌鹑

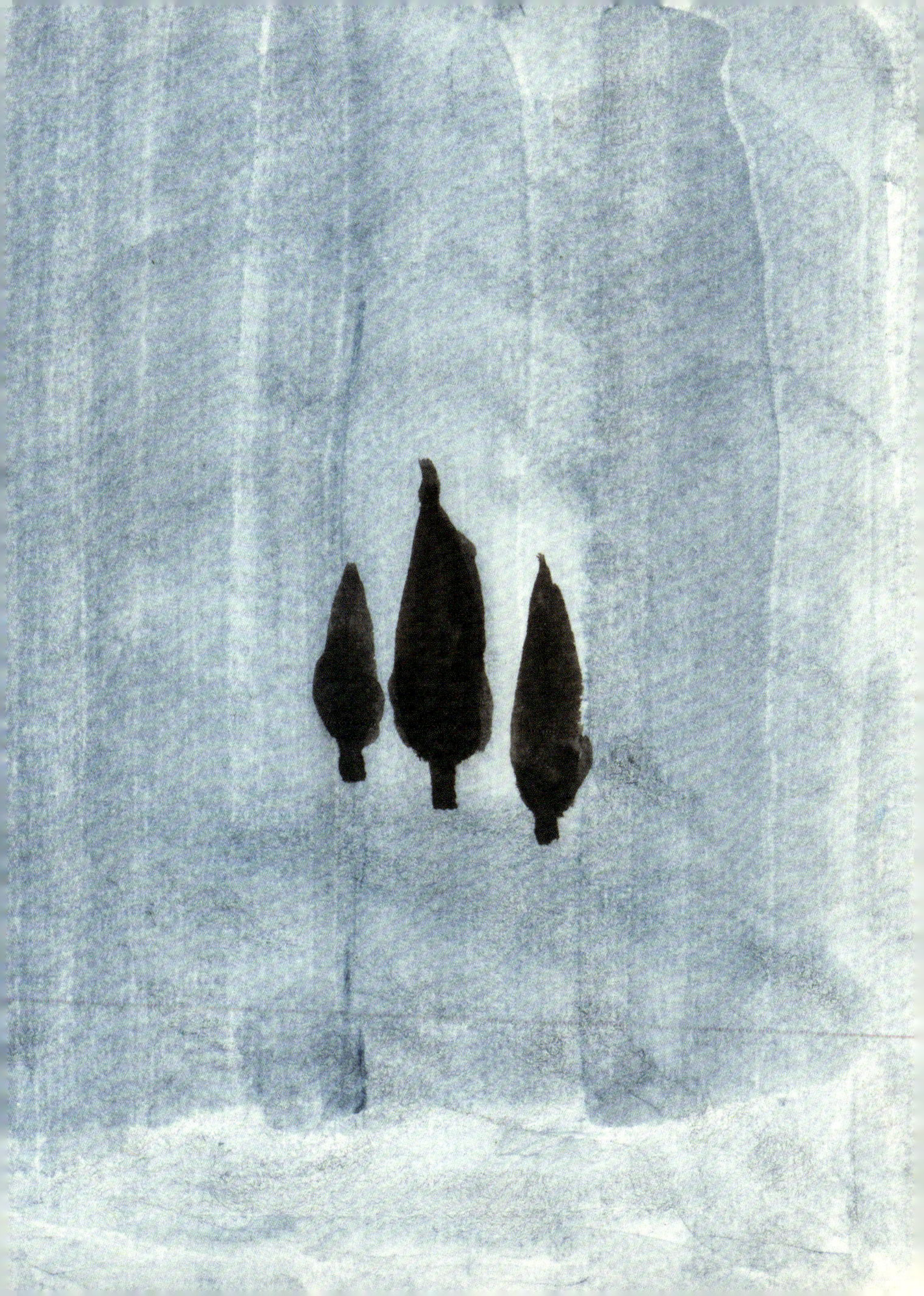

一天

是在
训斥孩子们吧
竹林的上面
从一大清早起
一会儿亮
一会儿又变暗
真是冬天的雀子

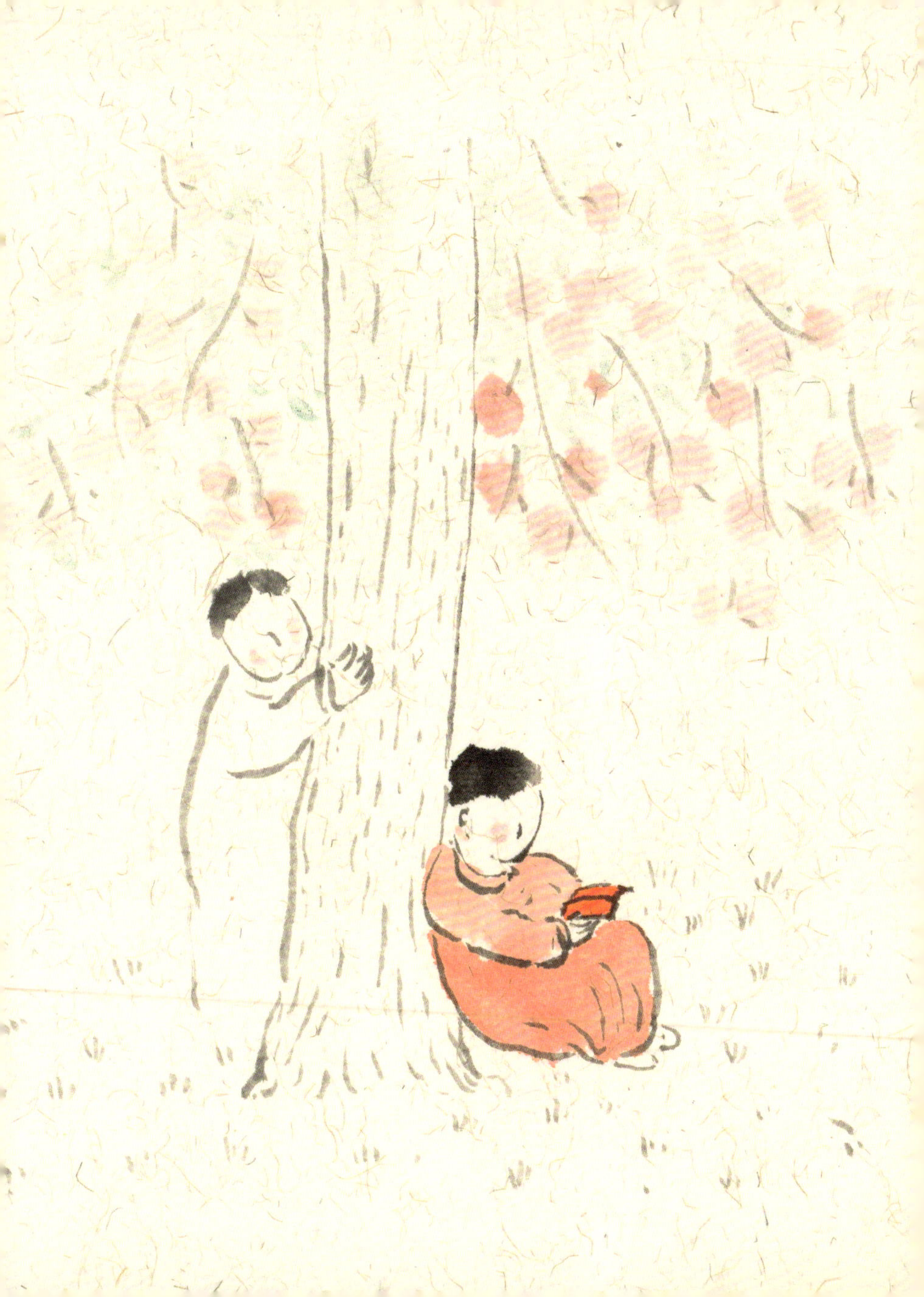

一天

为贫穷
欢喜吧
欢喜吧
冬日向阳的寒菊啊
孤单的暮鸟　和蝇

一天

这声音让人心痛
蟋蟀　蟋蟀
想你们读给我听
你们也睡不着吗
我啊
我啊
想听那喜欢的毗尼母经

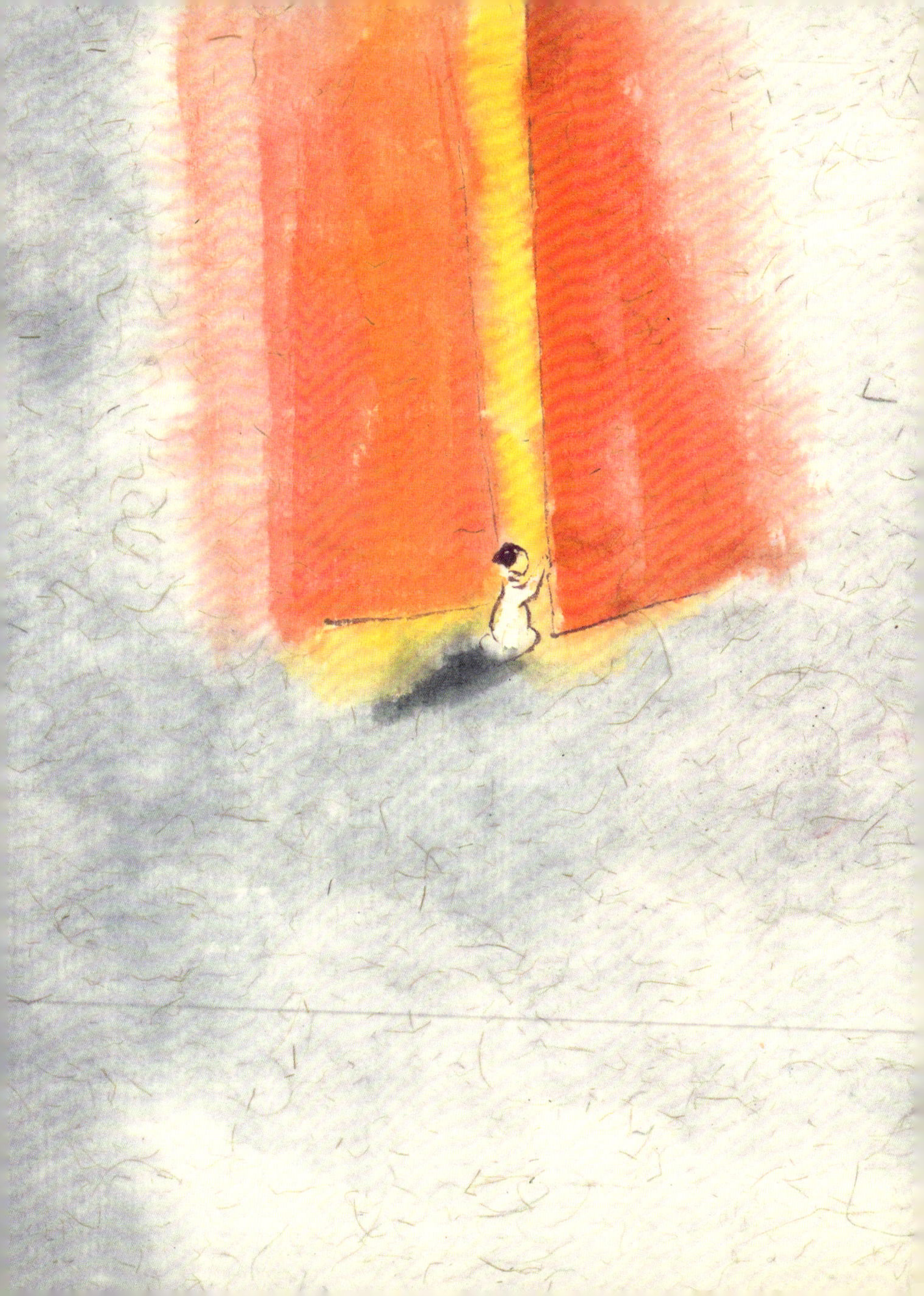

一天

深夜
正要起身去尿尿
啊　什么时候看
星星都那么美
想要给孩子们
抓一把

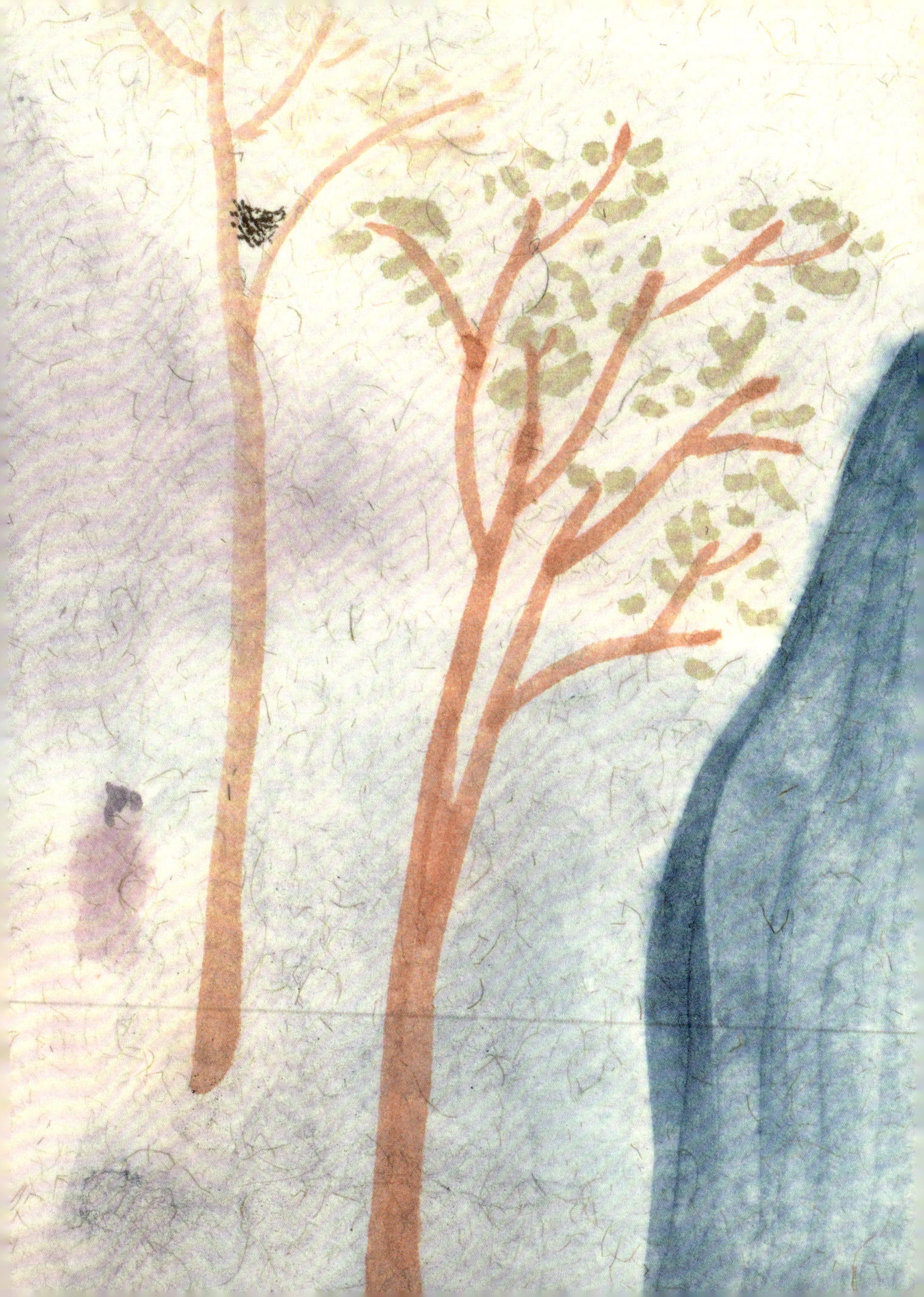

故乡

淙淙地
天河在流淌
完完全全是秋了
远远的
远远的
豆粒般的故乡呀

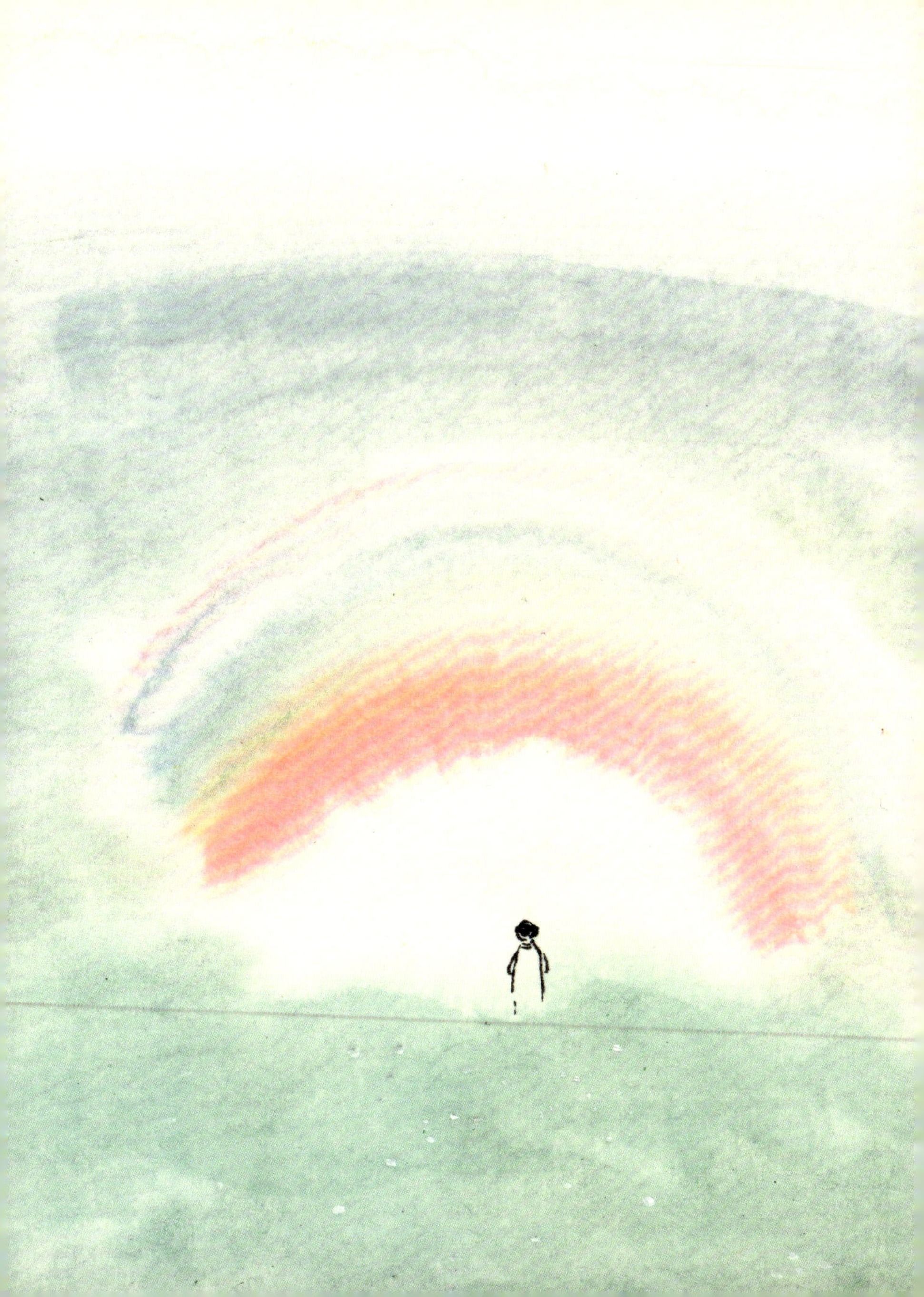

不知何时

不知何时
明显地
没了可喜事
也没了可哀事
而野菊啊
想真实地活
这也是寂寞的吧

一天

冬日池沼里
茭白
已枯萎
想向鹧鸪
问个事
喂
都到哪儿去了

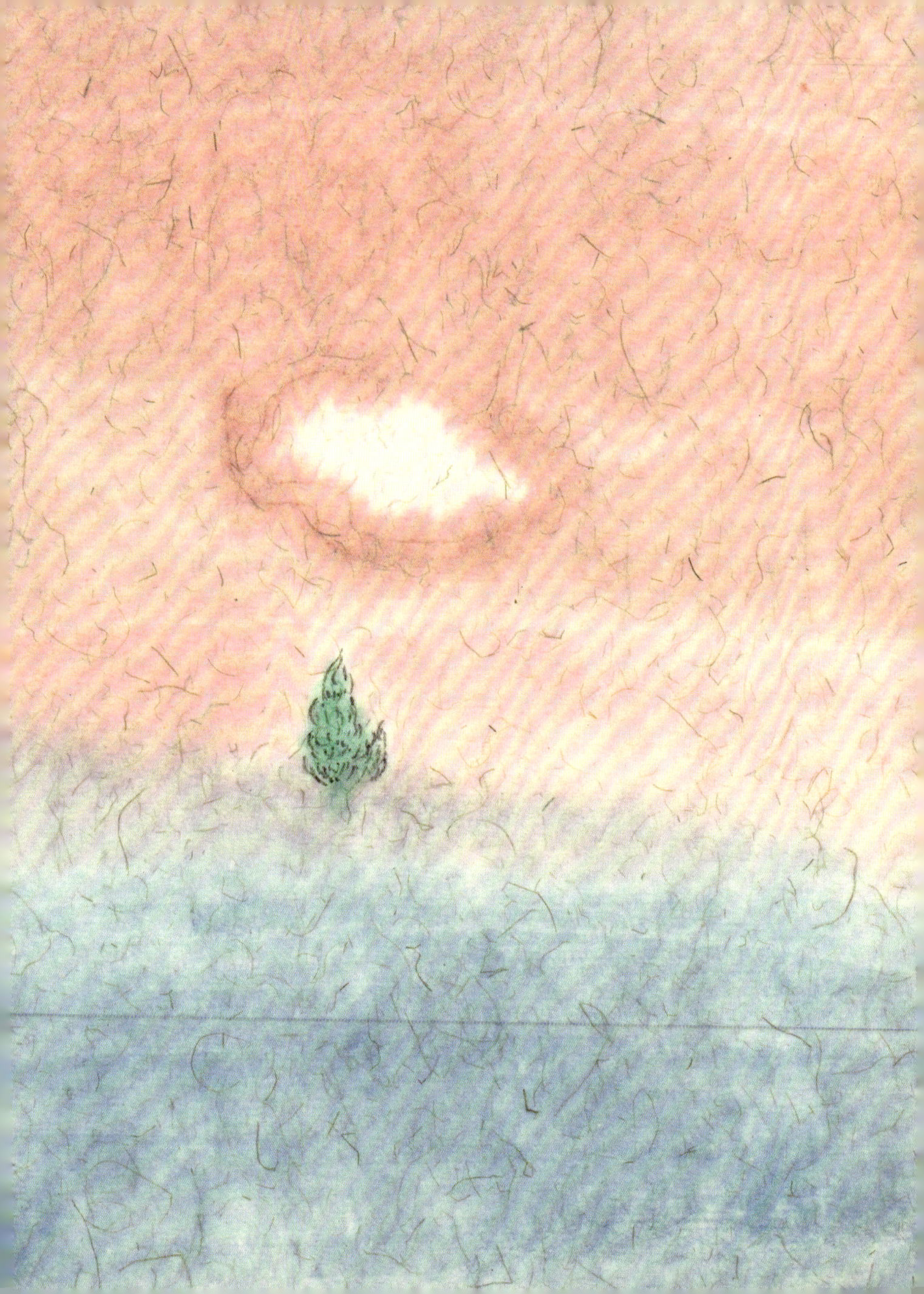

苹果

不管两手如何
大大地大大地
张开
也抱不住这心情
苹果一个
滚在向阳处

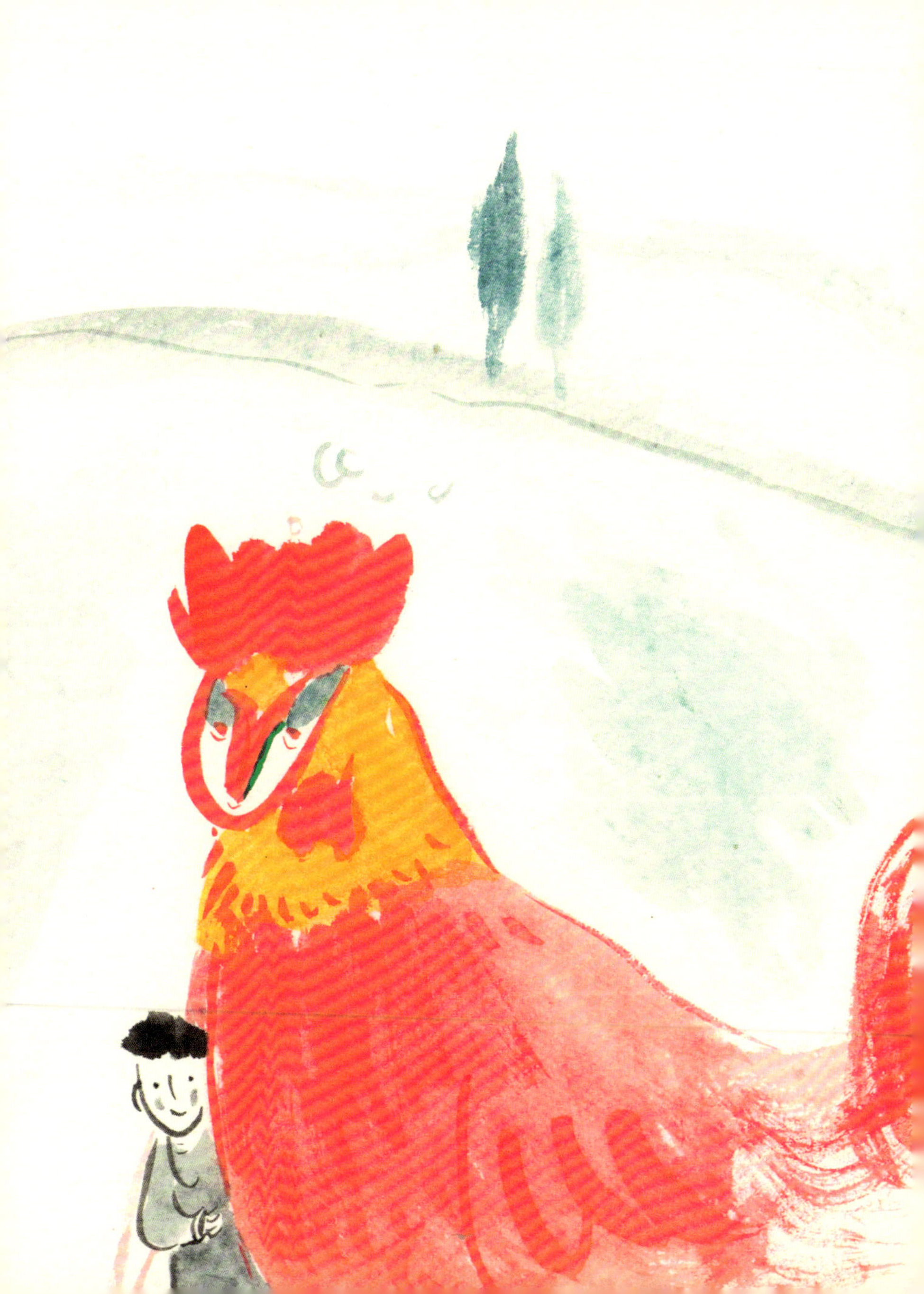

红苹果

深深地看

渐渐地　我也会变成苹果

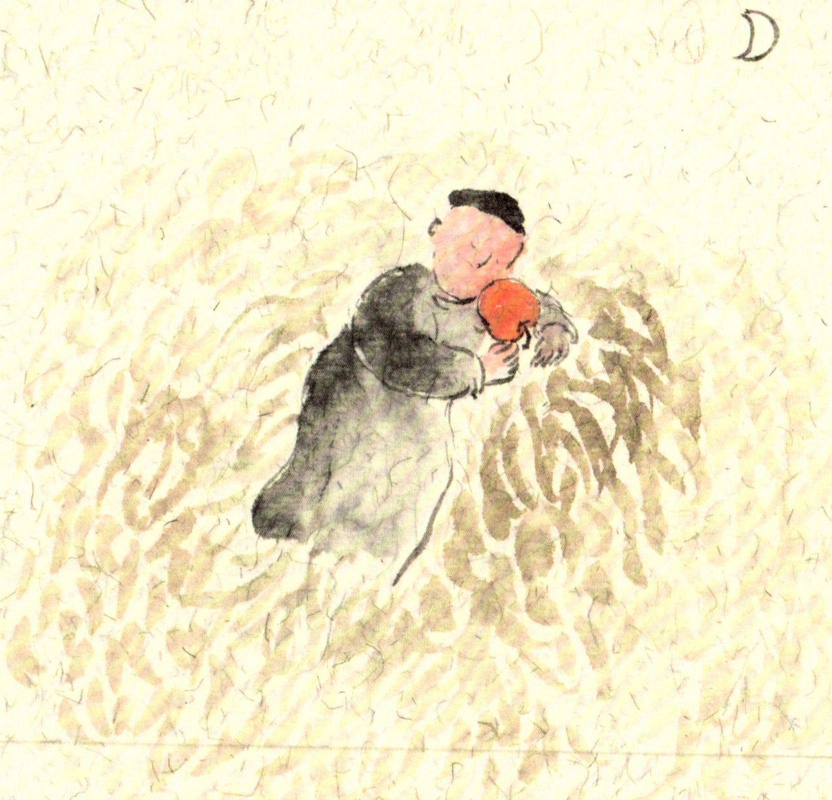

又

瞧　滚下来了
红苹果滚下来啦
喏
骗人骗人骗人
那谎不是很好吗

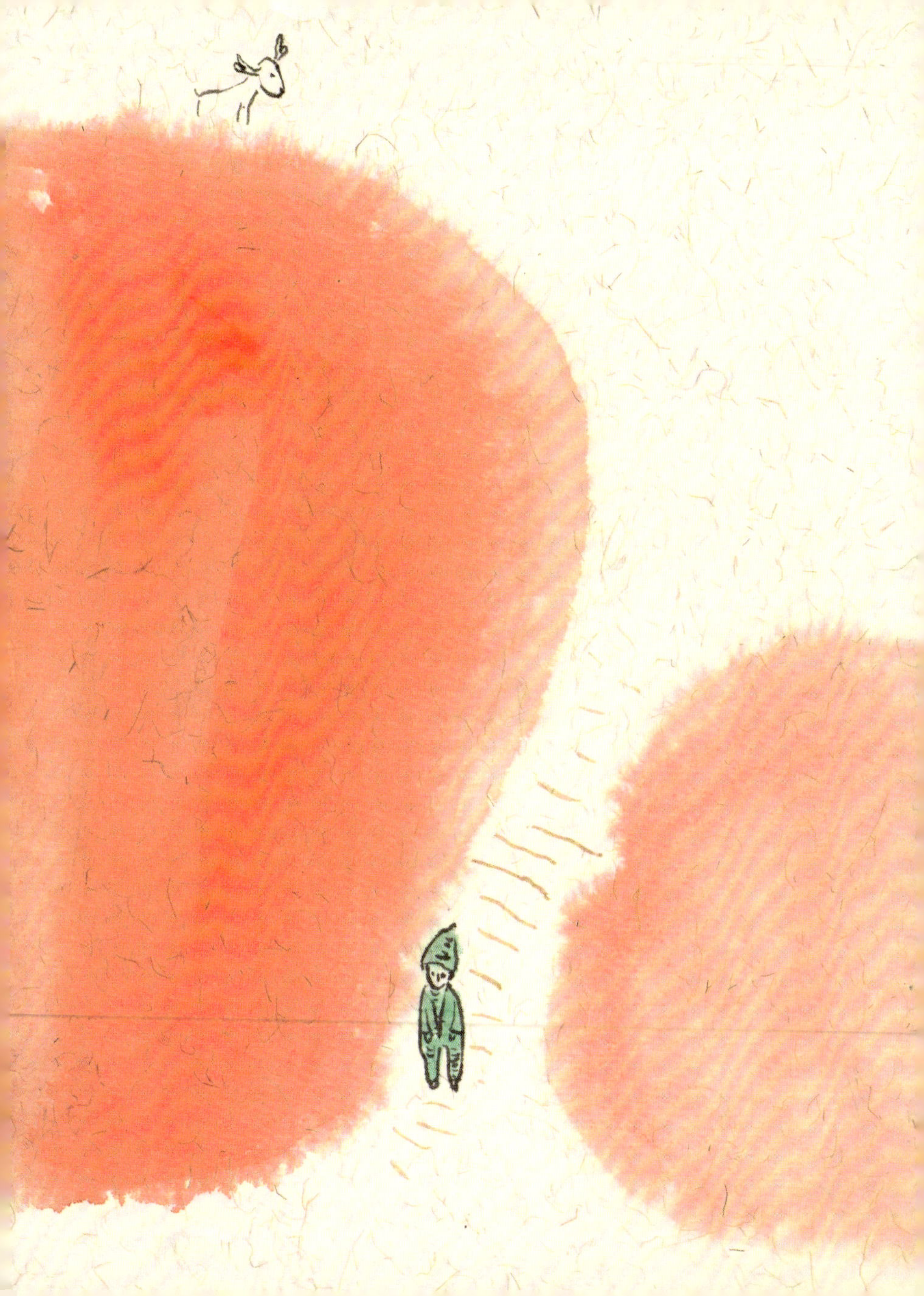

又

咦　咦
真的滚下来了
地震
地震了
红苹果逃出来
苹果
也不喜欢地震
肯定的

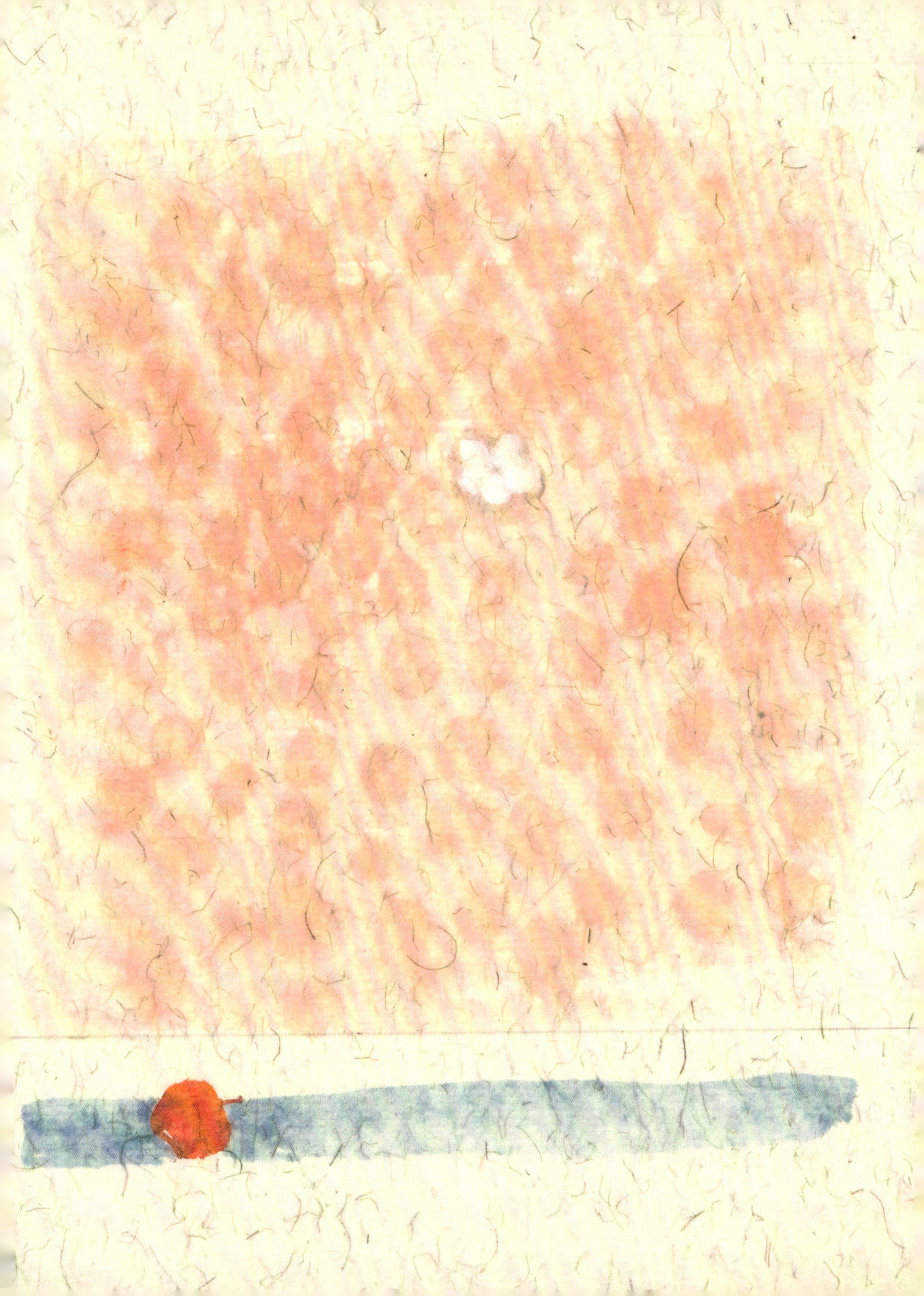

又

苹果不管放哪儿
都欢喜地红着
骨碌碌地
被滚
也不恼
欢喜喜地
愈加
发出红的光
多寂寞

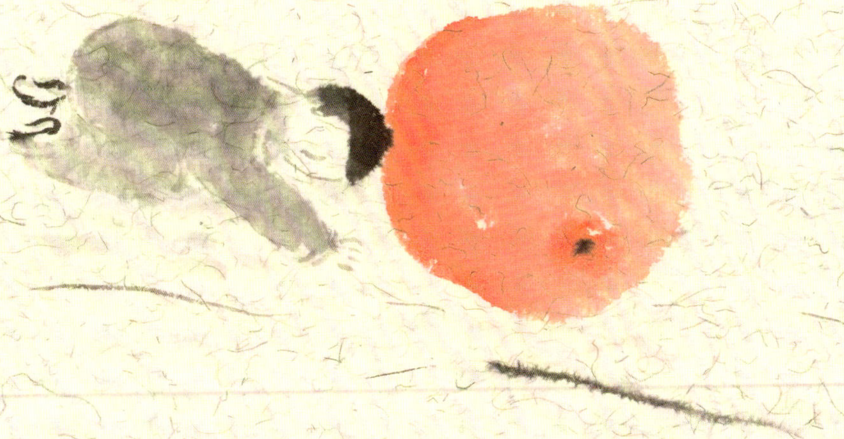

又

姑娘们哟
来呀　来做瞪眼游戏
和这红苹果

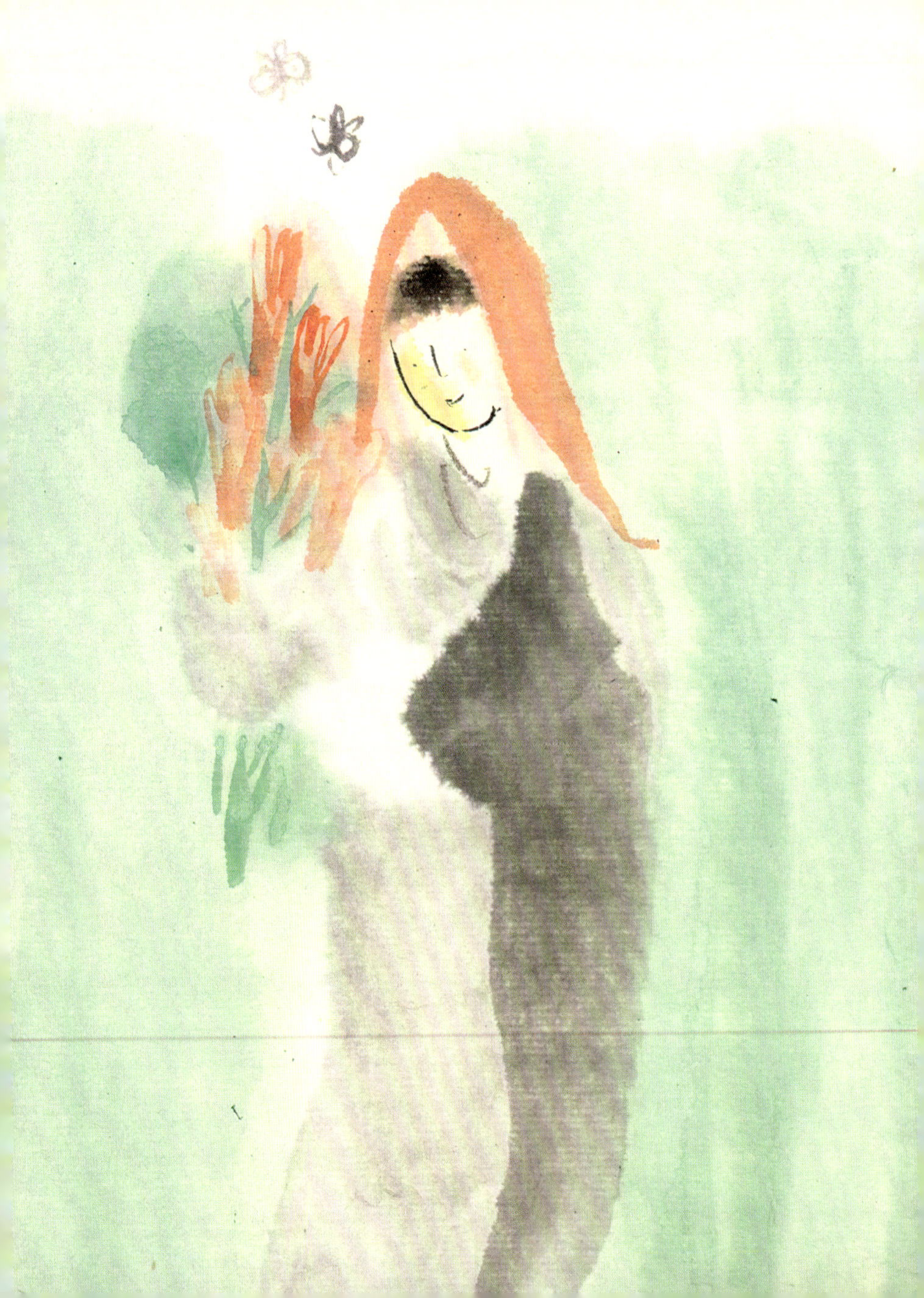

又

亲嘴

亲嘴

对苹果怀敬畏吧

对苹果怀爱慕吧

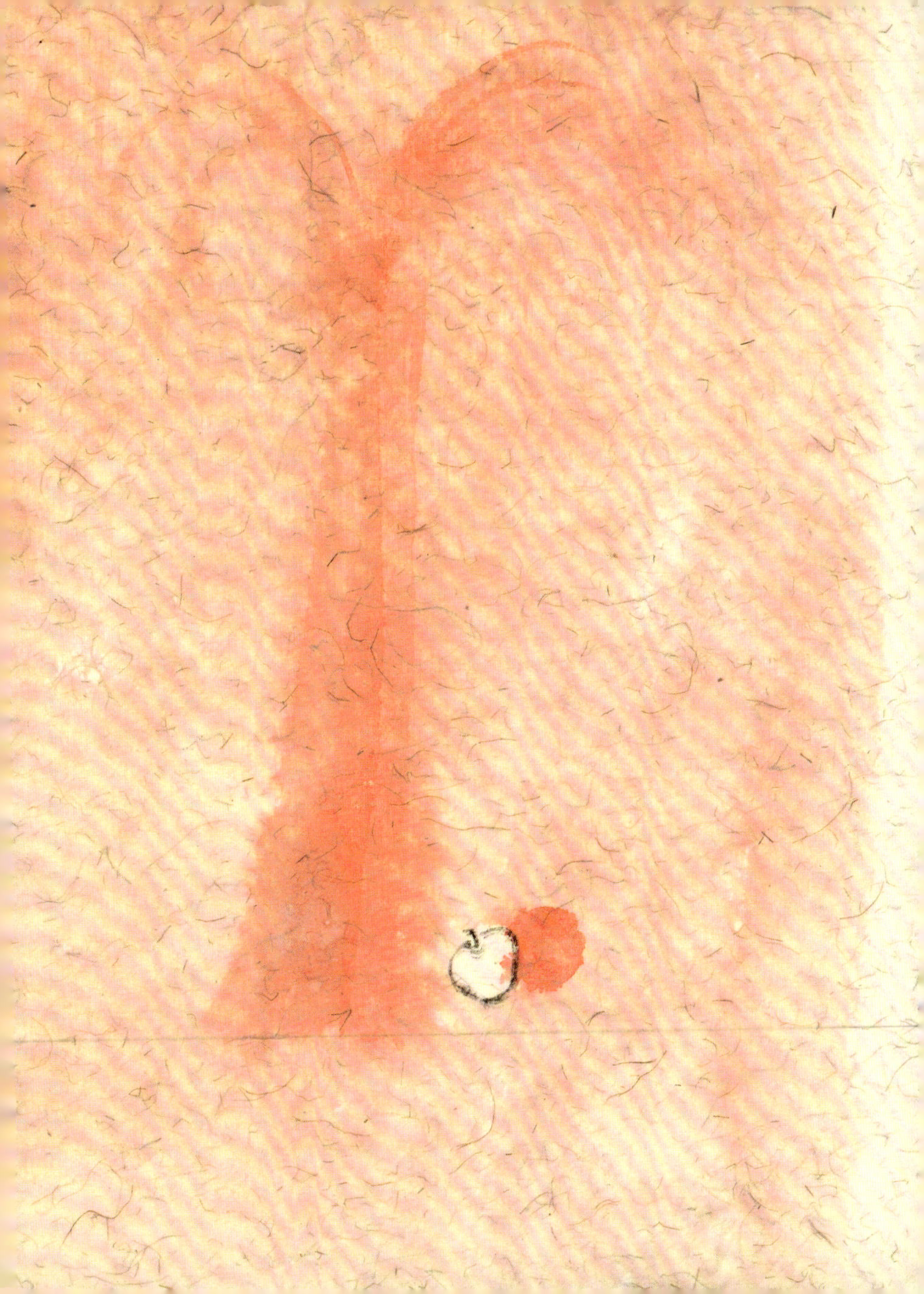

又

孩子啊
孩子啊
若吃了红苹果
要对它说
真好吃

又

如何才能对它生厌恶
这赤红的苹果

又

苹果一动也不动
说　就那样烂掉吧

又

若被踩烂
也是在被踏烂时
闪光的苹果

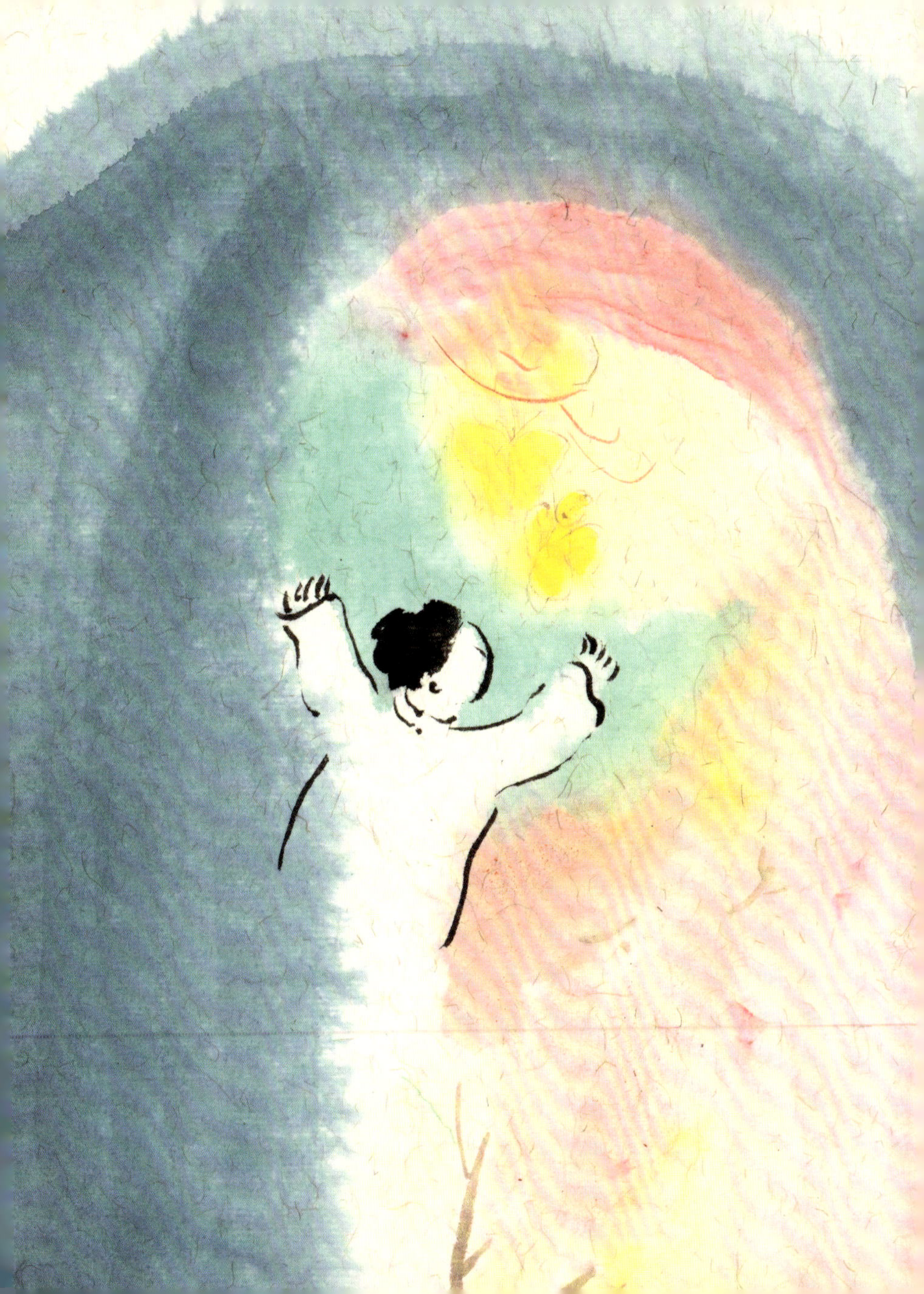

又

孩子说

做了红苹果的梦

做了好梦呢

真是好

一直一直

不忘才好啊

这样的好梦

长大

就再也做不了啦

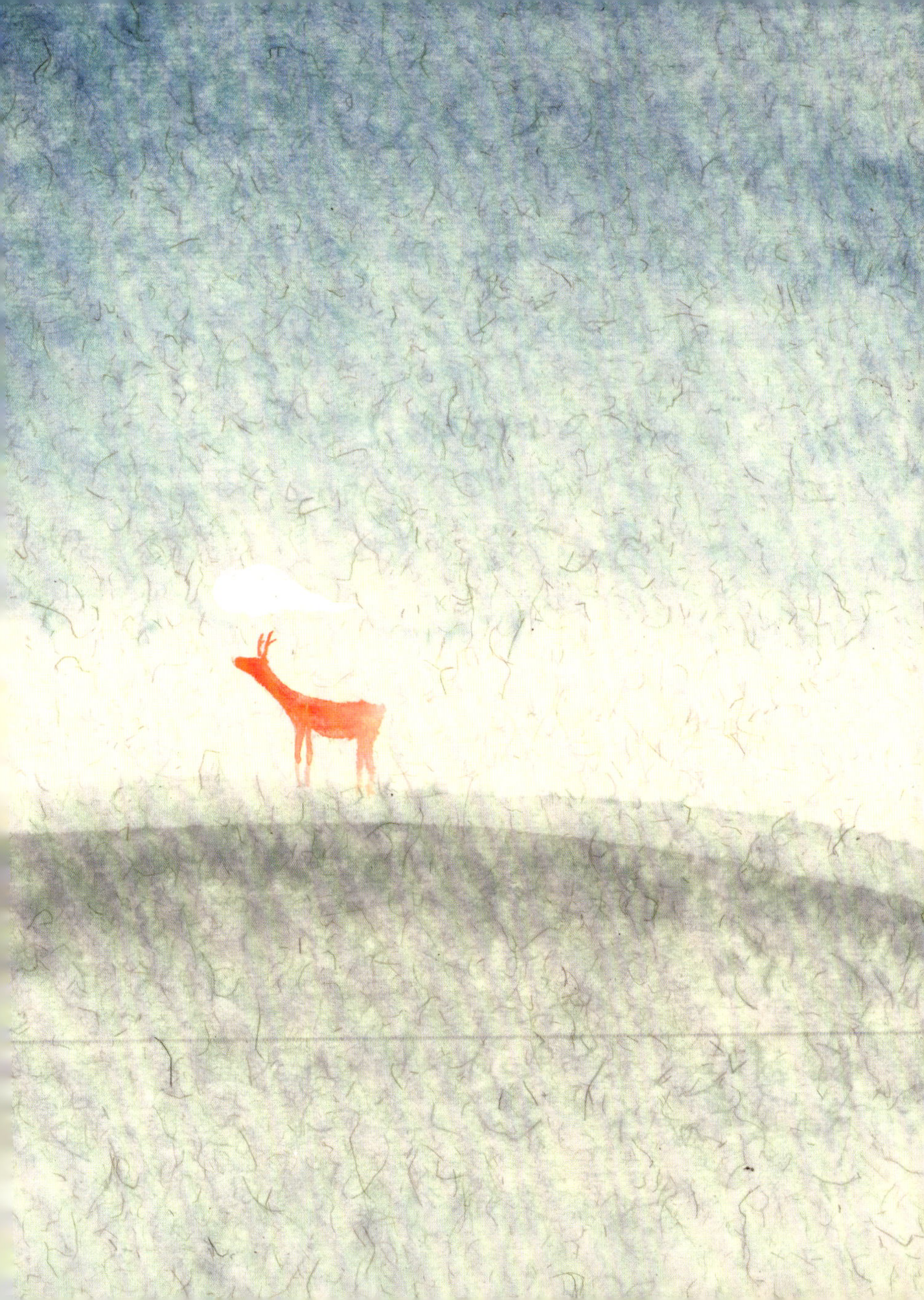

又

给你苹果

转起来

孩子啊

你骨碌骨碌

苹果也骨碌骨碌

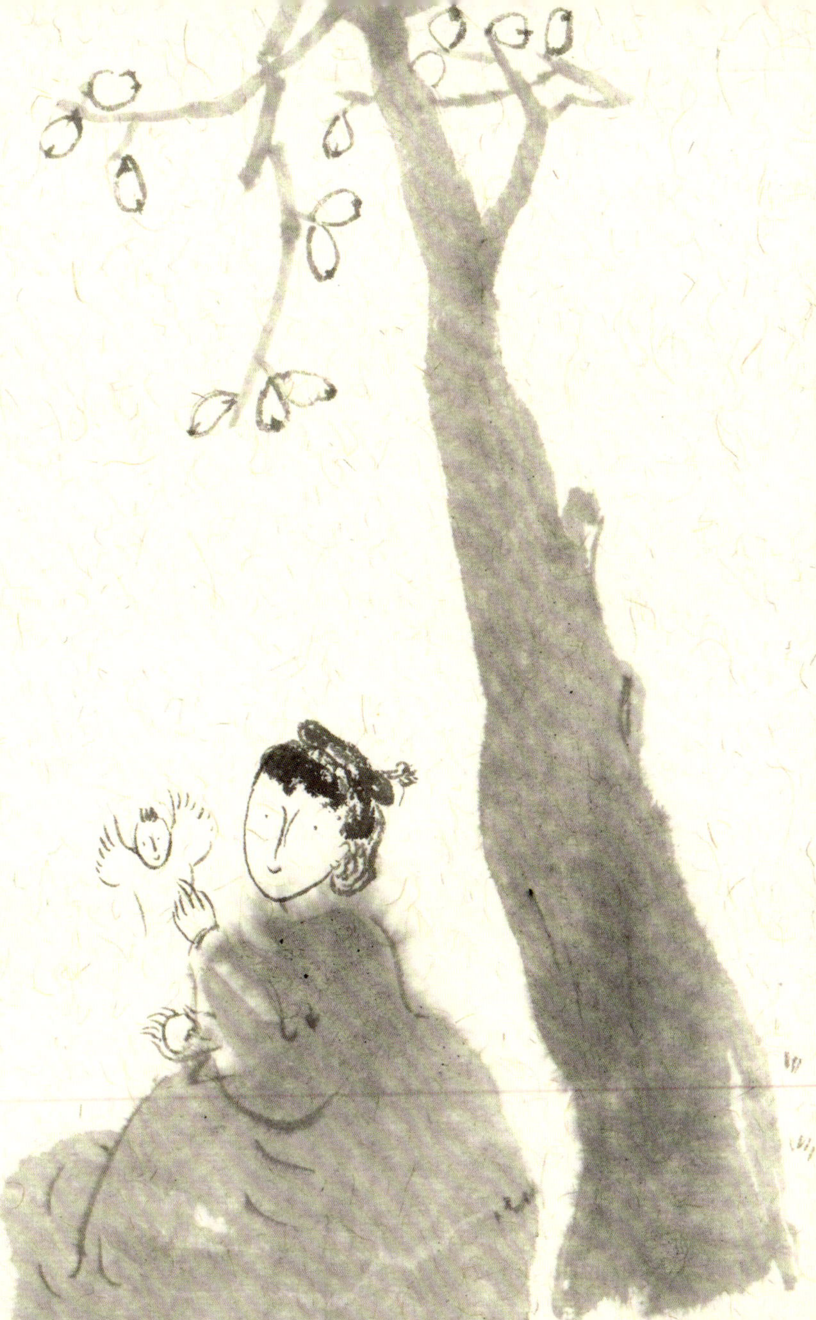

又

和寂寞的苹果
一起玩吧

喂　喂　好孩子

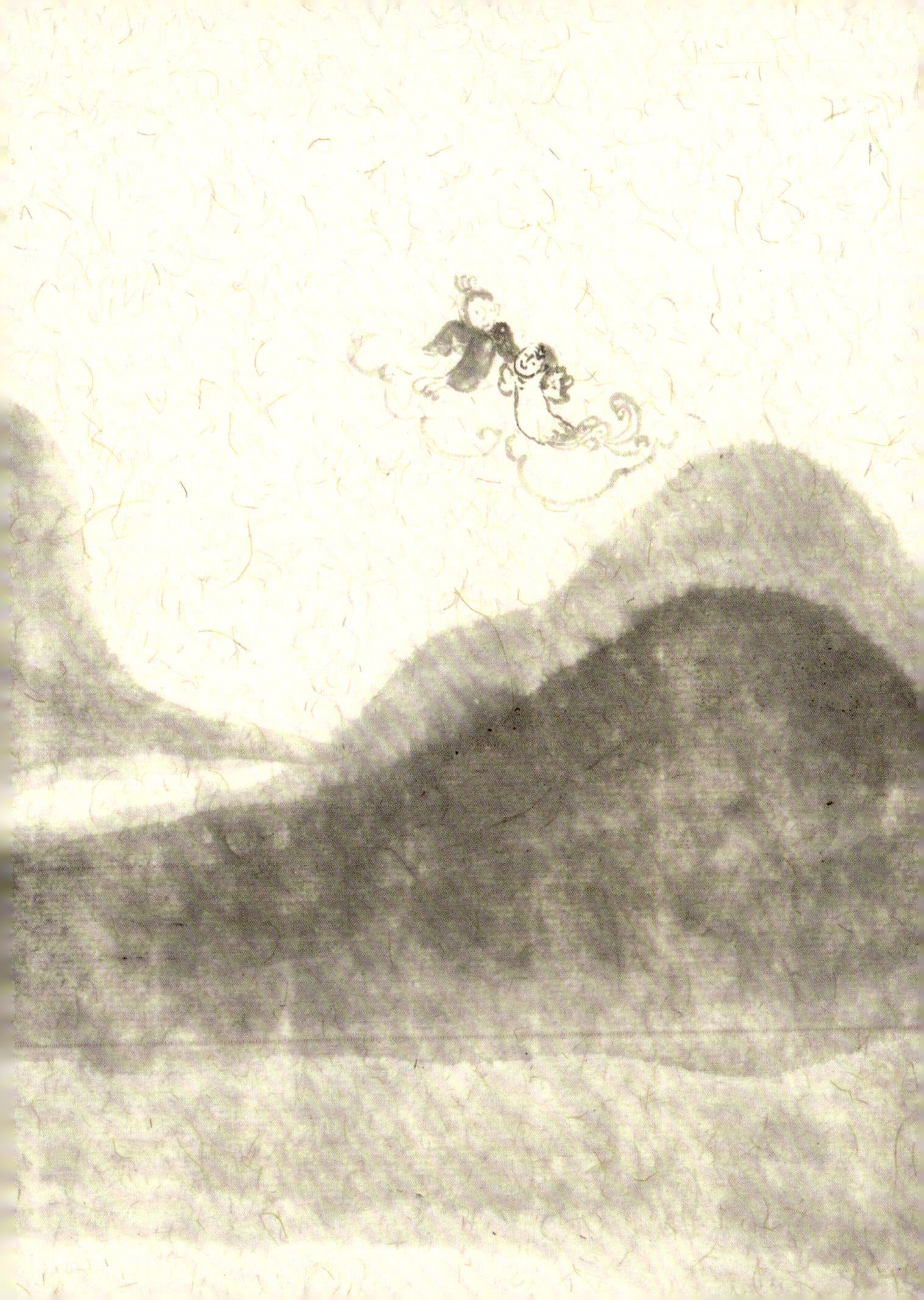

又

和苹果一起
睡了觉觉
所以
我的脸颊
也染上一抹红
一定是这样啊

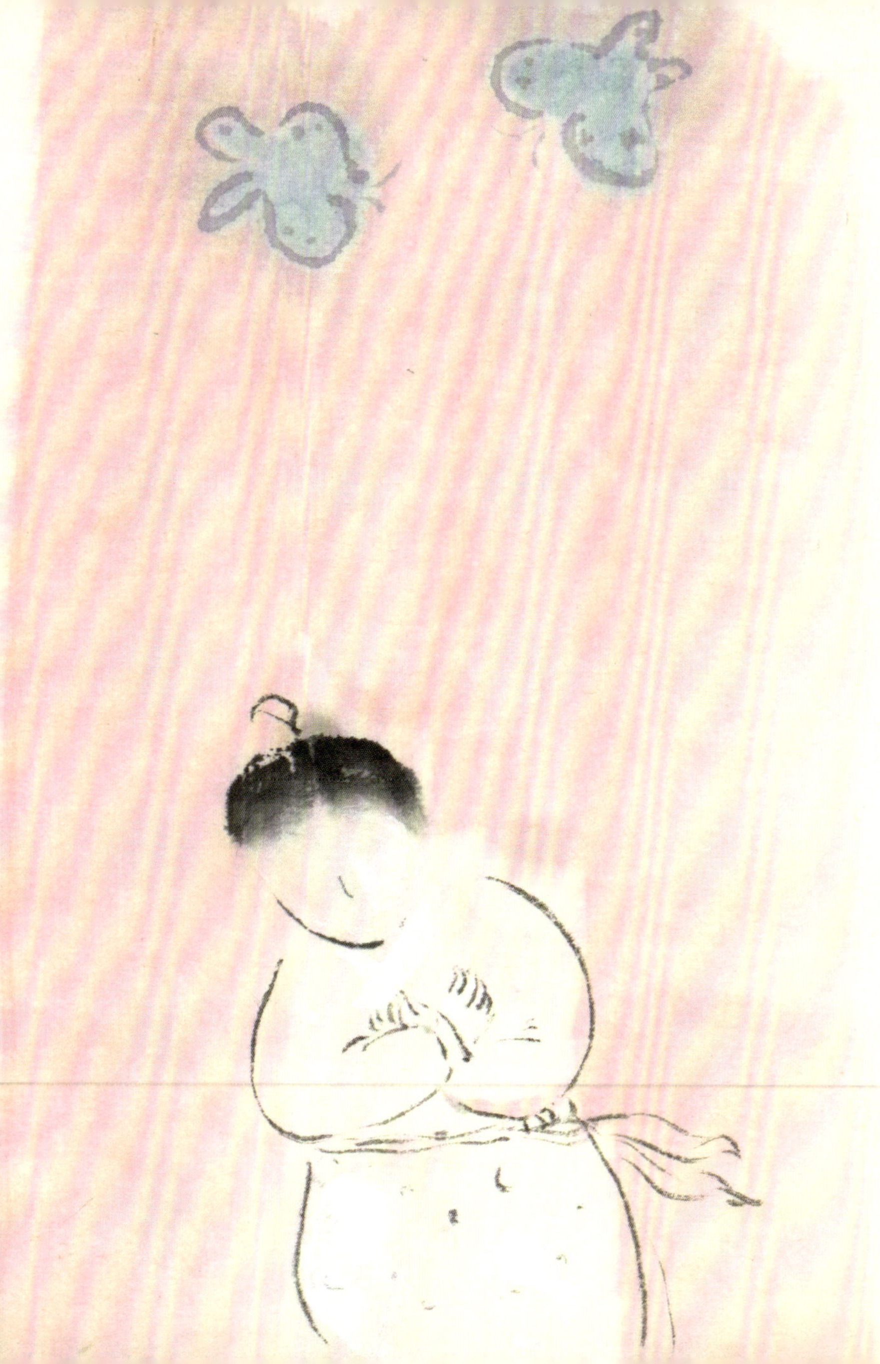

店门前

嘿　嘿　嘿
排好了
排好了
被日头烤着的
圣·法兰西斯[1]的脸
一溜儿排好了
整齐排好了

---

1 圣·法兰西斯（1182—1226），即圣·方济各，天主教方济各会的创始人。

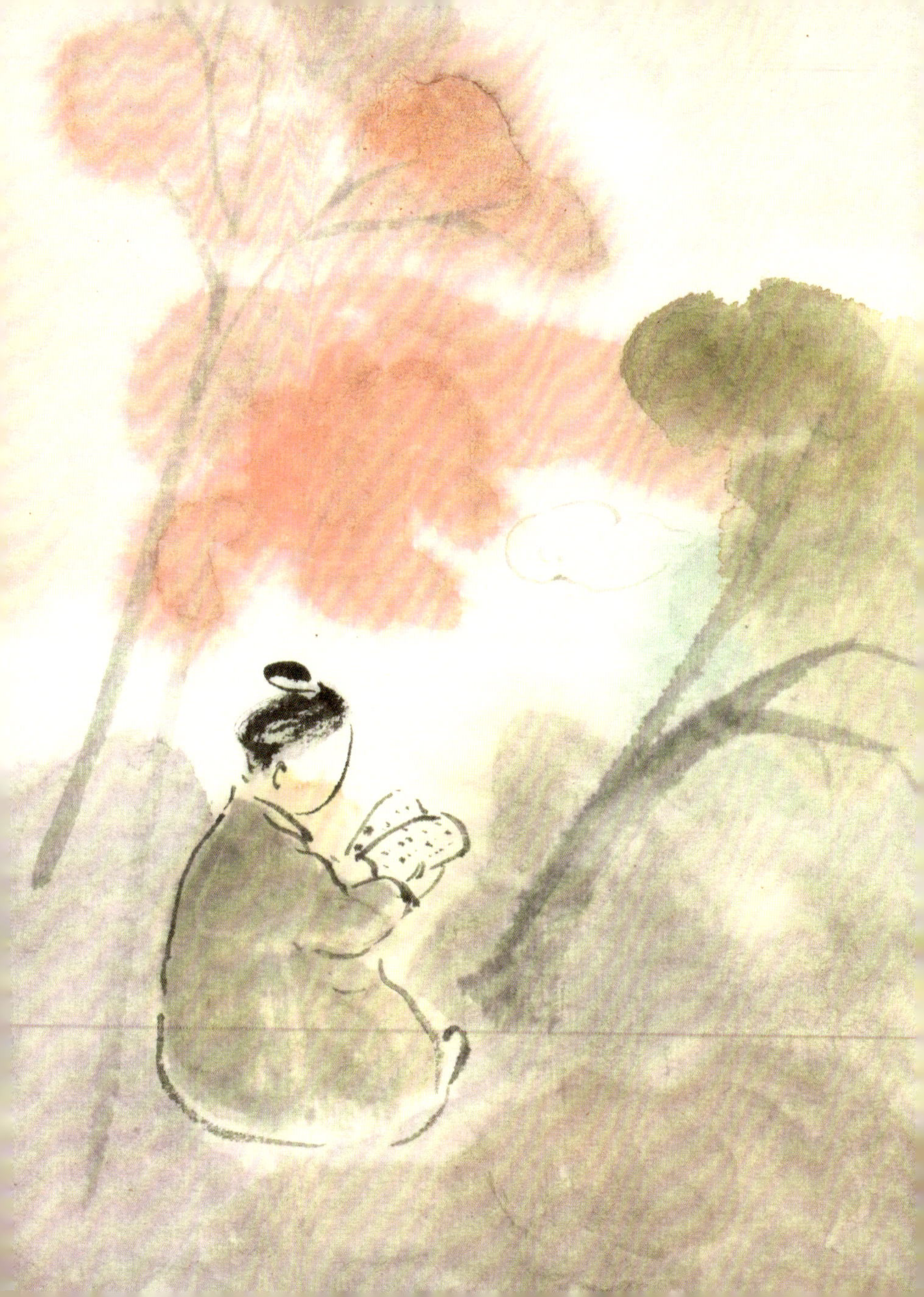

又

被钱买卖着
实在太好看
小店的老板娘呀
这样赤红的苹果
给陌生人
你难道就没想过不卖吗

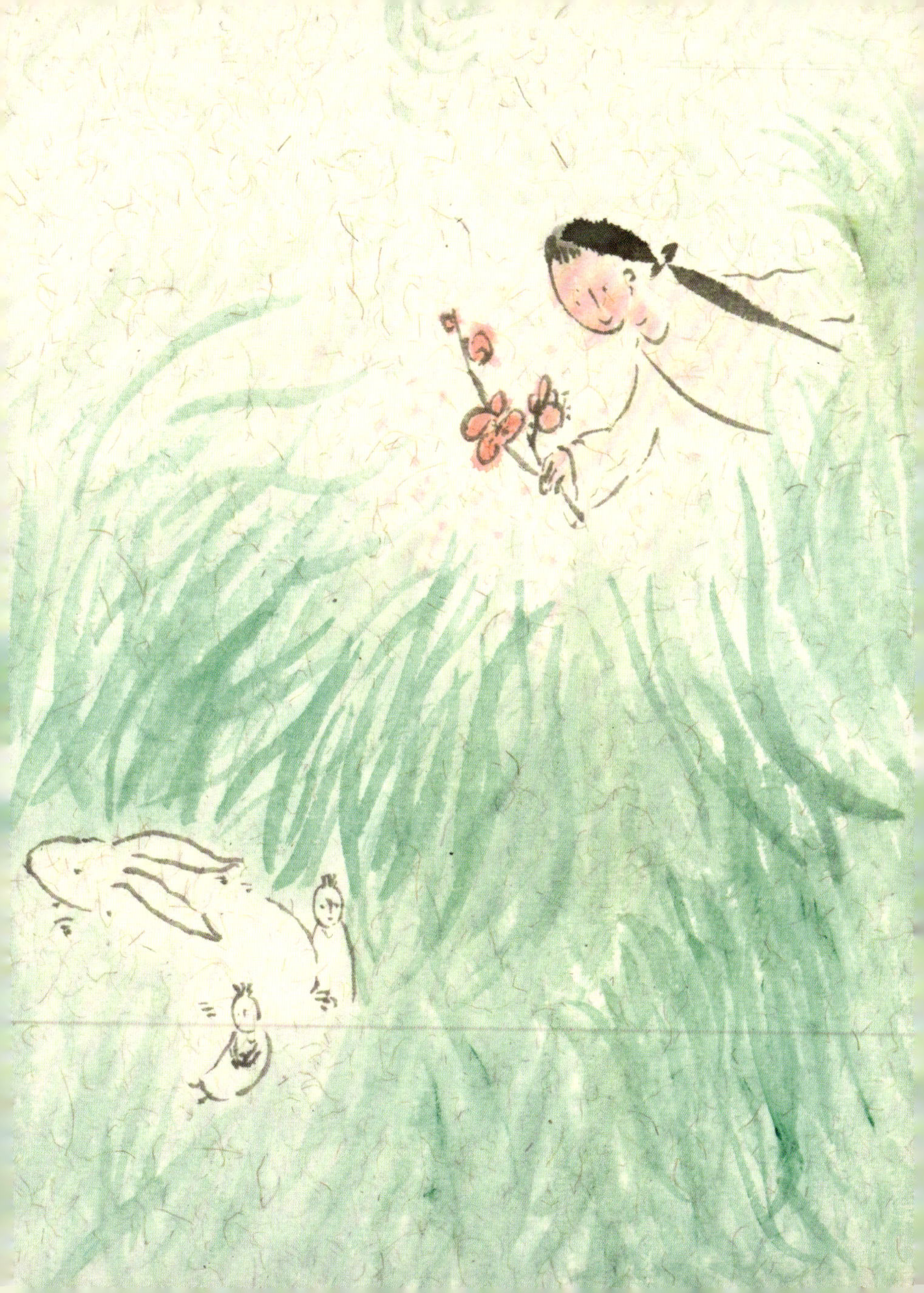

又

真是好天气
好久不见啦
咦　是哪里呢
刚才分明是
木梨[1]的声音

[1] 木梨,别名榅桲、金苹果,蔷薇科榅桲属果树。

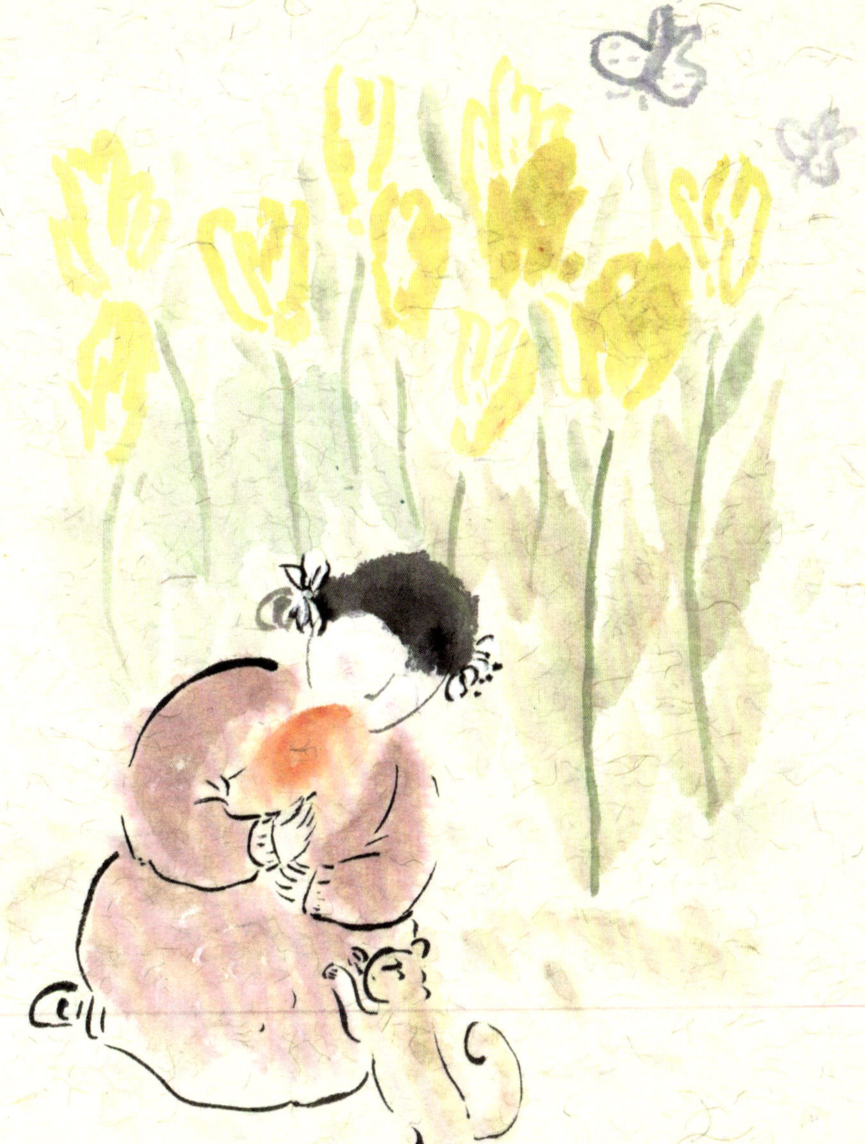

译后记

山村暮鸟（1884—1924），日本明治大正时期诗人、儿童文学作家，出生于群马县榛名山麓的栋高村（现群马町），本名土田八九十。

幼年时期，因父亲蚕茧生意失败，家庭生活陷入困境，山村暮鸟不得不年少谋生，做过很多不同的职业。17岁时，他成为小学代课教员，同时在前桥市前桥圣玛提亚教会夜校随牧师卓贝尔学习英文。1902年，18岁的山村暮鸟接受洗礼，翌年入学东京筑地的圣三一神学院。1908年毕业后，他以圣公会传道士的身份，在秋田县的横手、汤泽，宫城县的仙台，茨城县的水户，福岛县的磐城平等地辗转赴任，其间曾以"木暮流星"为笔名创作短歌。

1910年，山村暮鸟加入人见东明[1]等人创办的自由诗社，以《自

---

[1] 人见东明（1883—1974），日本诗人、教育家。他于1920年创建昭和女子大学。

然与印象》《文章世界》《创作》《早稻田文学》等杂志为舞台初展诗歌才华。1913年，他发表首部诗集《三个处女》。

1914年，山村暮鸟加入萩原朔太郎[1]、室生犀星[2]等人创办的人鱼诗社。1915年，他出版诗集《圣三棱玻璃》；1918年出版诗集《风对草木细语》；同年秋，患肺结核，次年退离传道士一职。随后六年，山村暮鸟是在茨城县东茨城郡大洗町一个叫矶浜的地方度过的，这是他生命的最后几年，诗集《云》及诸多童话即诞生于此间。

在山村暮鸟卒后的第三年（1927年），《苦恼者》杂志成员大关五郎、柳桥好雄、高井能、小川芋钱等人发起募捐，为他建起一座花岗岩纪念诗碑。矗立在大洗町大洗海岸森林中的山村暮鸟诗碑上，刻着《云》中的一首诗：

---

1 萩原朔太郎（1886—1942），日本诗人、小说家。其代表作有诗集《吠月》、短篇小说集《猫町》等。
2 室生犀星（1889—1962），日本诗人、小说家。其代表作有诗集《抒情小曲集》、短篇小说集《情窦初开》、长篇小说《杏之子》等。

云也又如我

如我一样

全然无措

因为这太宽太宽的

没有涯际的天

啊老子

在这样的时候

会笑眯眯地

突然出现吗

回顾山村暮鸟一生诗作，可以非常清晰地看到其诗风的变化轨迹：从大量运用视觉象征表现手法，以先锋、奇巧、难解著称，给日本诗坛带来崭新变革却也因此备受恶评的《圣三棱玻璃》（1915），到以平和自然的人道主义视角书写的《风对草木细语》（1917），再到其晚期创作的堪称"日常朴素之歌"的《云》（1925）。诗风的改变主要源于山村暮鸟作为诗人的成长变化：其精神经历苦恼，逐步变得单纯、通透。在此意义上，《云》可以说是山村暮鸟的巅峰之作；反过来，《云》也完美成就了作为诗人的山村暮鸟。我想，这么说并不为过。

和暮鸟有过密切接触的津川公治[1]说，解读《云》的关键点是"童心""幼稚""单纯"。津川曾对暮鸟说，这样的诗"乍一看谁都作得出，却也只有你才能作"。荻原朔太郎说，《云》"摒弃了一切技巧，是孩童般的对自然的观照……似山中老仙、白发稚子"。山村暮鸟的"单纯"是从热衷技巧到舍弃技巧的单纯；他的"东洋"是从西洋诗歌出发，最终达到或曰回归本土的东洋；而他的"童心"，亦是经历激烈苦恼后返璞归真的童心。《云》正处在这三线交会的终点之上。

正如山村暮鸟在自序中所写："我已然过了人生的一个大坎，并将另一个自己抛在了身后……"写下这些时，他其实还不到40岁。我同样在不满40岁时历经了一个生死与精神的大坎，那时我恰好读到《云》，读到山村暮鸟的寂寞、愉悦和怅惘，读到他对这世间以及自然万物的深切理解和内省。他用的是淡墨写意，却叫人难忘。我的心就像他诗里"叶尖尖上的露水"一样微颤，也像好月光下一树繁花满开。隔着地域、时光与民族，我有幸与这

---

[1] 津川公治（1902—1958），日本文艺评论家、编辑、记者。他于1921年创办文学杂志《无忧树》，1923年入茨城报社。

自然之子促膝言欢，闻到一个好灵魂发出的草木般的朴素味道。有时候，我也变成他，变成嚯嚯鸟，嚯嚯嚯嚯地叫在山道间，心里是"孤云独去"的，有容丘壑、得天下的自由。因为忘不掉，我把它们译了出来。期待你也看到。

室生犀星说："山村暮鸟……是日本诗坛立起的一座寂寞的塔。为了冲刷那塔，茨城县矶滨的波涛也同他喜欢的灿烂朝阳一起每天拜访他吧。"

夫复何求？

美空

2018年9月30日

图书在版编目（CIP）数据

云 /（日）山村暮鸟著；小满绘；美空译. -- 北京：北京联合出版公司，2019.11
ISBN 978-7-5596-2455-0

Ⅰ. ①云… Ⅱ. ①山… ②小… ③美… Ⅲ. ①诗集－日本－现代 Ⅳ. ①I313.25

中国版本图书馆CIP数据核字（2019）第158338号

云

作　　者：[日]山村暮鸟/著　小满/绘
译　　者：美　空
策　　划：乐府文化
责任编辑：管　文
特约编辑：信宁宁
装帧设计：周伟伟

北京联合出版公司出版
（北京市西城区德外大街83号楼9层 100088）
北京联合天畅文化传播公司发行
天津联城印刷有限公司印刷
80千字　760毫米×1200毫米　1/32　印张8.5　插图126
2019年11月第1版　2019年11月第1次印刷
ISBN 978-7-5596-2455-0
定　　价：68.00元

版权所有，侵权必究

未经许可，不得以任何方式复制或抄袭本书部分或全部内容
本书若有质量问题，请与本公司图书销售中心联系调换
电话 64258472-800